IRl 1987

I0657665

LINDORF

ET

CAROLINE.

LINDORF

ET CAROLINE,

OU

LES DANGERS

DE LA CRÉDULITÉ;

Traduit de l'allemand de l'auteur d'Herrmann-d'Unna, par le traducteur de Rinaldo Rinaldini, Aurora, Jeannette et Guillaume, etc.

TOME TROISIEME.

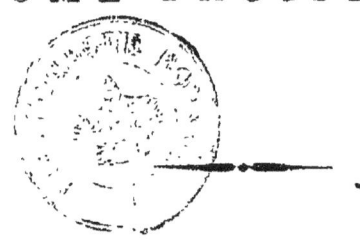

A PARIS,

Chez Ouvrier, Libraire, rue des Bons-Enfans, n°. 20, en face de la cour des Fontaines.

1802.

LINDORF

ET

CAROLINE.

TROISIÈME PARTIE.

Enfin tout s'éclaircit.

JE ne rapporterai pas toutes les questions dont les jeunes amis assaillirent et tourmentèrent la pauvre Caroline. Je tairai aussi ses réponses, dans lesquelles elle découvrit comment fut conduite la fourberie qui les engagea à entreprendre un voyage si dangereux, car j'en ai déjà instruit le lecteur plus clairement que n'aurait pu faire cette jeune personne. Je retourne au convent près

3   A

de la pauvre prisonnière, pour commencer avec elle le voyage de Damas. L'abbesse était une femme de mœurs pures et douces, mais ayant aussi tous les préjugés de son état; elle regarda comme vérité tout ce que lui dirent les conducteurs de Caroline, se crut obligée de rappeler au repentir cette brebis égarée, et de la ramener dans le sein de l'Eglise. Elle passa une partie de la nuit suivante à réfléchir sur les moyens qu'elle emploierait. Il lui paraissait très-naturel que l'amour eût rendu faible le cœur de cette pauvre enfant; elle crut devoir lui faire employer le jeûne, la prière et la pénitence, pour chasser le démon qui la tentait. Elle fit appeler, le lendemain matin, le confesseur du couvent, lui apprit l'histoire de la jeune personne, lui fit part des moyens qu'elle voulait employer, enfin le pria de commen-

cer cette bonne œuvre, en em-
ployant son éloquence persuasive,
pour décider la pauvre fille séduite
à se ranger au nombre des vierges
du Seigneur.

Le confesseur, homme selon Dieu,
prêtre comme il y en a peu, cependant aimé de ses confrères, écouta
attentivement le récit de l'abbesse,
promit d'employer tous ses soins
pour faire réussir son dessein; mais
il pria instamment qu'on lui laissât
le choix des moyens, et qu'on lui
permît de procéder à la guérison du
cœur de cette pauvre enfant, avec
toute la douceur qu'il jugerait conve-
nable. L'abbesse le laissa libre d'agir
comme il le voudrait. Le père Eustache, c'est ainsi que se nommait
cet homme vertueux, se rendit à la
cellule de Caroline, pour lui offrir
des consolations.

Avant de rapporter ce qui se passa

entr'eux, pour l'intelligence de l'histoire, je vais faire connaître au lecteur le caractère de ce respectable
prêtre. Son père, conseiller intime
d'un prince allemand, le fit élever
avec tout le soin qu'on donne ordi-
nairement à l'unique fruit d'un hymen fortuné ; il le fit étudier en
droit, et l'envoya dans l'université
la plus en réputation. Le jeune
homme venait d'achever ses études ;
il se préparait à prendre le bonnet
de docteur, quand il reçut l'effrayante nouvelle que son père était
mort subitement. Il se rendit en toute
hâte dans la ville qui l'avait vu
naître, il trouva les scellés sur les
portes de sa maison, sa mère malade, dénuée de tout, couchée sur
un grabat, dans une petite cabane
hors des portes de la ville. Il apprit
de sa bouche la cause de la mort de
son père, de sa maladie et de son
propre

. propre malheur. Le prince avait confié à son père une caisse particulière; il l'avait régie long-temps avec honneur et fidélité ; sentant diminuer ses forces , desirant goûter un peu de repos , il en avait chargé un homme de la probité duquel il se croyait certain. La confiance qu'à la cour on avait pour le vieux conseiller était extrême ; son délégué présentait les comptes en son nom ; on se contentait de les examiner sans inspecter le fond de sa caisse. Quelques années après le prince mourut ; à son avénement son successeur ordonna la revue de toutes les caisses de son gouvernement ; dans celle du vieux conseiller il se trouva un déficit de quarante mille florins. L'infidèle dépositaire disparut ; cette fuite, la saisie de tous ses biens , ordonnée par le prince, pour couvrir le déficit , firent une telle impression sur

B

le père d'Eustache, qu'il mourut
subitement. Le fils, innocent, sollicita vainement, près du jeune prince,
des secours pour sa mère; loin de lui
en accorder, il crut devoir, pour
l'exemple, lui faire partager la punition de son père; il lui ordonna de
quitter son pays, et lui défendit d'y
jamais rentrer. Cette nouvelle, aussi
terrible qu'inattendue, porta un
coup mortel à la malheureuse mère;
elle expira peu d'heures après; son
fils seul et une vieille servante ac-
compagnèrent son corps jusqu'à sa
dernière demeure.

Après avoir rempli de terre la fosse
où elle était déposée, la vieille servante reprit le chemin de la ville;
Eustache suivit la route qui passait
près de l'église, sans avoir de plan
déterminé. Sa douleur, le profond
ressentiment d'une injuste cruauté,
étaient ses seuls compagnons de

voyage. Le troisième jour de sa marche , il se souvint d'un oncle qui ,
après avoir été moine, avait été
nommé prieur d'une riche abbaye
dans laquelle il coulait doucement
ses jours ; il pouvait par conséquent
offrir quelques secours à un parent
infortuné. Il dirigea ses pas vers ce
cloître , y arriva après bien des fatigues , et vit enfin son espoir com-
blé. Le digne abbé reçut à bras ouverts le fils de son malheureux frère ,
promit de lui servir de père, et voulant prouver sa sincérité , il ouvrit
une cassette remplie de pièces d'or ,
et donna une forte somme à son fils
adoptif, pour qu'il pût continuer ses
études. Le jeune misantrope avait
pris le monde en horreur; il ne voulut pas se hasarder à être de nouveau
dupe de ses charmes trompeurs; il
se crut né pour la solitude et le repos apparent du cloître. Il fit part

de ses vœux à son oncle : le digne
vieillard ne voulut ni s'y opposer, ni
les encourager. Je te laisse la liberté
du choix, lui dit-il, mais pour choisir avec sagesse, il faut connaître.
Tu passeras une année près de moi;
si, après ce terme, tu te sens encore
du goût pour la vie monastique, je
te faciliterai les moyens de l'embrasser. Malgré les desirs d'abréger cette
longue épreuve, le jeune homme fut
obligé de se soumettre aux volontés
de son respectable parent. Ce dernier
employa tous les moyens pour faire
renaître chez lui le goût des plaisirs
du monde; mais le cœur blessé du
bon Eustache n'y trouvait que du
dégoût et de l'ennui; toujours il pensait à son malheureux père, à la mort
de sa mère; il haïssait de plus en
plus les hommes, dont la cruauté
avait hâté la fin de leur carrière. Je
me réfugie dans le sein du repos et

de la solitude; je fais le vœu de remplir strictement tous mes devoirs, de
servir, autant que je le pourrai, par
mes prières, ces hommes méchans,
que j'essaierais en vain de rendre
meilleurs. Tel fut son discours à son
oncle après son année d'épreuve;
celui-ci ne s'opposa plus à l'accomplissement d'un desir qu'il regardait
comme une ferme résolution. Eustache prononça ses vœux avec autant
de plaisir qu'il en avait eu à prendre
l'habit de novice; il se livra avec ardeur à l'étude de la théologie, et fut
bientôt digne d'être ordonné prêtre.
Quand il eut reçu les ordres, qu'il fut
obligé de rester dans l'inaction, de
ne rompre le silence que pour chan-
ter des pseaumes, il commença à
s'apercevoir que rien n'est parfait
ici-bas, que l'état monacal a quelques désagrémens pour un esprit ac-
tif; mais il se résolut de supporter

patiemment son sort, et d'attendre
avec calme le moment où il serait
appelé à sortir de sa cellule, pour
travailler à guider dans le chemin du
ciel les faibles mondains. Il attendit
long-temps, car à sa mort, son oncle
avait été remplacé par un abbé qui,
ne connaissant pas son mérite, fesait
peu de cas de lui. Au bout de vingt
années qu'Eustache avait employées
à augmenter ses connaissances, l'abbesse, que nous connaissons, demanda à l'abbé un moine de mœurs
douces et tranquilles, pour être le
confesseur de ses nonnes. Comme dans
le couvent il n'était aucun moine
aussi tranquille qu'Eustache, l'abbé
le nomma; et il se rendit à son poste,
fortement résolu de remplir ses devoirs de tout son pouvoir. Bientôt
toutes les religieuses l'aimèrent et
l'honorèrent comme un père, car il
consolait les affligées, versait un

baume salutaire sur les blessures des
souffrantes, et détruisait, par des
principes raisonnés, les scrupules
des innocentes, qui regardaient chaque mot, chaque regard involontaire, comme un péché mortel. Il
n'avait point encore connu l'amour ;
souvent cette passion avait voulu
s'introduire dans son cœur, il avait
toujours eu la force de lui résister :
il avait atteint sa cinquantième année dans cette lutte, quand il entra
dans la cellule où la belle Caroline
était retenue prisonnière.

Son aspect l'effraya; jugeant de
l'intérieur par les dehors, elle attendait d'un moine un dur sermon,
quoique peu mérité. Eustache s'a-
perçut de l'impression qu'il fesait
sur le cœur de Caroline ; il chercha
à la rassurer par des mots pleins de
douceur. Ce moyen lui réussit peu
d'abord; elle le regardait comme un

hypocrite qui voulait la tromper, elle lui répondait laconiquement, souvent point du tout. A la fin du premier entretien, elle lui déclara fermement que toute la méchanceté et la perfidie des hommes, que tout le pouvoir dont ils pouvaient abuser contre elle, ne la contraindraient jamais à abandonner la foi de ses pères, pour en choisir une autre, dont à la vérité elle honorait les principes, mais qu'elle ne croyait pas préférable à la sienne. Le digne prêtre trouva ce raisonnement aussi sage que juste. Il dit à la supérieure qu'on s'était trompé sur le compte de la prisonnière; qu'on ne pouvait la considérer ni comme une insensée, ni comme un esprit séduit, mais comme une infortunée contre laquelle s'exerçaient sans doute et le sort et la perfidie des hommes. Cette déclaration déplut souverainement à cette femme; elle lui dit qu'elle se sentait la force de vaincre l'esprit obstiné de cette fille, de ramener cette pécheresse à son devoir, si, séduit par un mensonge, il renonçait à cette sainte entreprise. Eustache fut assez sage pour voir dans quel abyme de maux sa persévérance entraînerait l'infortunée ; il pria l'abbesse de lui laisser faire une nouvelle épreuve, avant de prendre un parti. Elle y consentit. Le lendemain, il retourna près de Caroline.

La probité, la candeur et la vérité sont souvent méconnues ; mais si une de ces vertus trouve l'occasion de se faire voir au grand jour, sa victoire est bientôt certaine. Le respectable Eustache en remporta une semblable, à sa seconde visite. Caroline fut peu à peu persuadée qu'un hypocrite ne pouvait parler avec tant d'onction ; elle lui ouvrit son

B *

cœur; le même jour il fut le confi-
dent de toute son histoire. Le ton
ferme, inimitable, impossible à dé-
crire, que la vérité seul sait prendre,
convainquit entièrement Eustache,
mais non l'abbesse, qui traita l'histoire de fable, quand le prêtre la lui
raconta : elle persista à remplir son
devoir, et à ramener dans le bercail
cette brebis égarée. Eustache promit de bouche, de faire de nouveaux
efforts, mais il résolut dans son cœur
de ne point persécuter l'infortunée,
de s'assurer de la vérité de son récit,
et, s'il le trouvait véritable, de la
sauver des mains d'une femme qui,
non pas à dessein, mais par l'excès
d'un zèle pieux, ferait à jamais son
malheur. Caroline, en racontant son
histoire, avait nommé une foule de
personnes qui devaient avoir appris
le départ du comte. Il écrivit à quel-
ques-unes. Avant d'avoir reçu ré-

ponse, la conduite de la jeune fille
le persuada qu'elle ne l'avait pas
trompé. Ses craintes sur les dangers
du comte, ses souhaits de le sauver
aux dépens de ses jours, firent une
profonde impression sur son cœur ;
il commença à regarder l'infortunée
comme sa fille, à l'aimer aussi tendrement. Son cœur n'avait point encore cédé au pouvoir de l'amour ; il
l'avait toujours combattu avec avan-
tage, parce qu'il avait reconnu ses
efforts. Cette fois, il ne put lui résister, parce qu'il se cacha sous le
voile de l'amour paternel : il s'y livra tout entier. Ne croyant aimer
Caroline que comme un père, il l'aimait avec toute l'ardeur de l'amant
le plus tendre. Cette bienfesante supercherie qu'employa l'amour, ne
fit pas naître la plus légère faute ;
car, enchaîné par des principes sévères, son cœur était aussi satisfait

du nom de père, qu'un amant l'est
de celui d'époux. Quand il se figu-
rait sa bien-aimée heureuse et tranquille, il éprouvait autant de joie
que quand l'autre songe à l'instant
où il mènera son amante à l'autel. La
sauver était son unique projet. Caroline regardait ce bienfait comme
inutile, si elle ne pouvait voler sur
les pas du comte, et le sauver à son
tour. Les sentimens de ce bon père
n'étaient donc point à blâmer, puisque
non-seulement il fesait espérer à Caroline la réussite de ses projets, mais
que même il travaillait de toutes ses
forces à la rendre heureuse. La pensée de ne plus la voir, de ne plus
s'entendre donner le doux nom de
père par sa voix mélodieuse, lui paraissait plus affreuse que la mort,
plus difficile à supporter que la honte,
dont l'exécution de son projet allait
couvrir son nom. Excepté Caroline,

tout lui était indifférent dans le
monde ; sa conscience elle - même
lui persuadait que sauver le comte
des dangers où le conduisait la perfidie, et réunir deux tendres amans,
était une œuvre plus méritoire que de
passer ses jours dans l'inaction au
fond d'un cloître. Quand le cœur
et la conscience sont d'accord, toutes
les passions réunies essaient en vain
de les combattre , elles ne peuvent
les vaincre.

Jusqu'alors le moindre mensonge
n'avait pas souillé les lèvres du respectable prêtre ; maintenant il trom-
pait tous les jours l'abbesse, en lui
assurant que la jeune personne commençait à entendre la voix du repentir, ne tarderait pas à rentrer
dans le sein de l'Eglise, et ferait
bientôt volontairement , aux pieds
des autels, le serment sacré de chas-
teté. Il mit cette ruse en usage pour

gagner du temps, et assurer la réussite de ses projets. Il lui était facile
et peu dangereux de faire sortir Caroline du couvent ; car, comme confesseur, il pouvait parcourir librement une galerie qui joignait sa demeure aux cellules des religieuses ;
il lui était aisé, par ce moyen, d'a-
mener chez lui sa chère fille, de la
conduire dans la rue à toute heure,
mais il devait redouter la vengeance
monacale, s'il était découvert avant
d'être en sûreté. Tous les ans, il avait
coutume de visiter les frères de son
ordre. L'instant où il fesait ordinai-
rement ce voyage étant arrivé, il
résolut d'en profiter pour préparer
sa fuite. Caroline pleura en apprenant son départ ; il lui en fit sentir
la nécessité, et sut lui persuader de
se composer tellement pendant son
absence, que l'abbesse et les religieuses ne doutassent point de sa

prochaine conversion. Elle le promit, et tint parole. Au lieu de se rendre à son couvent, Eustache prit le chemin d'une ville voisine, se fit faire deux habits semblables à ceux des moines de la Trinité, puis se rendit dans une autre ville dont les habitans étaient de la confession d'Augsbourg. Il avait choisi l'habit d'un moine de la Trinité, parce que ceux de cet ordre font profession de racheter des esclaves, qu'ils sont respectés en tous pays, même parmi les Turcs, et qu'il craignait d'être contraint à aller chercher l'amant de Caroline jusques sur les bords du Nil. Qu'un lecteur trop sévère ne blâme pas ce bon prêtre de s'être laissé déterminer par les larmes d'une infortunée, à entreprendre un pareil voyage, à courir le monde avec une jeune fille déguisée en moine. J'ai fait connaître son cœur,

Peut-être son censeur, dans sa position, non-seulement aurait été aussi faible, mais encore moins noble et moins désintéressé que lui ; car il n'abusa pas une seule fois de l'occasion qui s'offrit si souvent à lui. Il combattit avec courage sa passion, qu'une foule de circonstances augmentait tous les jours, et je serais presque tenté de croire qu'un homme juste le jugerait digne de recevoir la couronne du martyre.

Eustache connaissait le ministre de la petite ville où il se trouvait. Celui-ci avait été voir avec sa femme le couvent dont il était confesseur; Eustache l'avait parfaitement bien reçu, lui avait procuré toutes les facilités de satisfaire pleinement sa curiosité ; ils s'étaient séparés avec des marques d'estime réciproques, et le souhait de pouvoir s'être utiles. Eustache avait choisi cet homme pour

l'aider à exécuter son plan. Il lui
confia qu'une jeune luthérienne avait
été amenée au couvent pour des raisons qui lui étaient inconnues à la
vérité, mais qui ne pouvaient être
que coupables; que l'abbesse, séduite par l'éclat de l'or, par de bril-
lantes promesses, voulait la contraindre à embrasser la religion catholique et à prendre le voile ; il
ajouta que son projet était de s'opposer à cette infamie, de sauver la
jeune personne, et de la remettre
entre les mains de ses amis, si lui,
comme partie plus intéressée, voulait lui prêter ses secours. Le ministre promit de faire tout ce qui dé-
pendrait de lui. Eustache se contenta
de lui demander une voiture et un
valet fidèle, qui les attendrait dans
un endroit indiqué à une heure convenue, et conduirait, le plus vîte possible, la pauvre prisonnière jusques

sur les bords du lac de Constance. Le ministre lui en fit la promesse solemnelle. Eustache retourna au couvent pour consoler son enfant bien-aimé par ces heureuses nouvelles.

Elle avait beaucoup souffert pendant son absence. Le prêtre qui avait remplacé Eustache pendant son voyage, et qui voulait gagner l'amitié de l'abbesse, l'avait tourmentée pour hâter sa conversion. Loin de lui parler avec douceur et bonté comme le premier , il l'avait menacée sans cesse de l'enfer, d'une damnation éternelle. Le récit d'Eustache lui fit oublier tous ses chagrins. Son cœur tressaillit de joie en apprenant que la nuit suivante elle serait en route pour voler dans les bras de son amant.

Eustache, pendant son séjour au couvent, avait amassé une petite somme. En la comptant, il vit bien

qu'elle était insuffisante pour sub-
venir aux frais d'un semblable voyage, mais il ne s'en effraya pas. Les
habits, qu'à dessein il avait choisis
pour sa fille et lui, leur donnaient
la facilité de quêter par-tout pour le
rachat des captifs : il était certain
de trouver en tous pays, par leur
moyen, secours et protection. Il espérait, avec d'autant plus de raison,
que sa tromperie ne serait pas découverte, que le hasard lui avait
procuré les papiers dont il pouvait
avoir besoin. Un moine de la Trinité
arriva malade dans le couvent, et y
mourut. Le frère lai qui l'accom-
pagnait, en retournant à son monas-
tère, oublia le passe-port et les instructions que le mort avait toujours
eu en garde jusqu'alors. En né-
toyant la chambre où il avait fini
ses jours, on trouva sur la table plusieurs papiers qu'on remit au con-

fesseur des religieuses. Le passe-port, les instructions étaient avec ces papiers. D'abord Eustache oublia de les renvoyer : ensuite, quand il forma le projet de sauver Caroline, il les garda à dessein, bâtit son plan, résolut de se faire passer pour le mort, et de donner Caroline pour le frère lai, qui y était aussi désigné. Comme le signalement d'aucun des deux ne s'y trouvait, on ne pouvait concevoir le moindre soupçon de cette fraude. Le soir du jour suivant, quand les religieuses eurent terminé leurs prières, quand toutes les lampes furent éteintes, Eustache se glissa dans la cellule de Caroline, prit sa main tremblante, et la conduisit dans sa chambre. Elle entra dans un cabinet voisin, pour revêtir l'habit de moine ; ensuite ils descendirent dans le jardin, pour sortir par une porte de derrière, dont le père avait

la clef. Prêts d'entrer au jardin , ils
rencontrèrent les deux gardes de
nuit du couvent, qui faisaient leur
ronde. Caroline trembla de tous ses
membres. Eustache , fort embarrassé, ne savait ce qu'il allait dire.
Heureusement la superstition et la
crainte furent leurs libérateurs. Les
habits blancs des Trinitaires frappè-
rent les yeux des deux gardes. Ef-
frayés, ils tournèrent la lumière de
leur lanterne vers eux. Reconnaissant deux moines , ils crurent que
l'ame de celui qui était mort der-
nièrement errait dans le couvent, et
ils prirent la fuite. Eustache devina
la cause de leur effroi ; il se hâta de
gagner à grands pas la petite porte.
Dans une forêt peu éloignée, ils trouvèrent la voiture que leur avait en-
voyée le ministre.

Ils firent la plus grande diligence.
Le lendemain, à midi, ils s'arrê-

tèrent sur les bords du lac de Constance. Le voiturier se sépara d'eux,
chargé de leurs remercîmens pour
son généreux maître. Ils s'avancèrent
vers Lindan, dont ils apercevaient
déja les clochers. Eustache se rendit
au port, trouva un bâtiment prêt à
mettre à la voile, s'embarqua avec
Caroline, et avant la nuit, ils abor-
dèrent en Suisse. Caroline, impa-
tiente de se rendre à Zurich, où elle
espérait apprendre des nouvelles du
comte, ne voulut pas laisser passer
le jour suivant sans se mettre en
route. Le poids d'un habit de moine,
fait avec un drap grossier, était pour
elle un fardeau inaccoutumé; il lui
fut impossible d'aller plus loin que
Saint-Gal. Eustache sollicita près
des moines de cette ville une voiture
pour son compagnon malade; il l'ob-
tint facilement, en leur promettant

de prier pour eux à Jérusalem, où il assurait se rendre.

Les fugitifs arrivèrent sans accident à Zurich; seulement un rose vif venait colorer les joues de Caroline, quand les bons Suisses faisaient à Eustache des reproches de faire faire un voyage aussi long et aussi difficile à un jeune homme à peine dans l'adolescence ; ils prétendaient qu'il devait être encore confié aux soins de ses parens, et attendre un âge plus avancé, pour choisir un état dont les devoirs étaient si pénibles à remplir. Aucun cependant ne se douta qu'une jeune fille était cachée sous ces habits.

A Zurich, Eustache apprit que le comte était parti depuis long-temps, et qu'un voyageur avait rapporté qu'il aurait été enseveli sous les neiges avec son ami, sans les secours des moines, qui l'avaient sauvé

et l'avaient fait conduire jusqu'en
Italie, pour le garantir de nouveaux
accidens. Il eut la prudence de taire
à Caroline les dangers que son amant
avait courus; il lui apprit seulement
quelle route il avait prise : elle le
supplia de hâter leur départ, pour
l'atteindre, s'il était possible, avant
qu'il fût embarqué. Il était convaincu, comme elle, que la diligence
était nécessaire, s'ils voulaient le
joindre. Il fit tous les préparatifs ;
et montés sur des mulets, il atteignit, avec la courageuse Caroline, le
sommet du mont Saint - Bernard.
Comme tous les voyageurs, il s'arrêta au couvent, où le comte avait
aussi logé, mais il s'abstint de demander de ses nouvelles, parce qu'il
craignait que les moines ne lui ra-
contassent son malheur, et que sa
fille adoptive ne se trahît.

En atteignant les campagnes
d'Italie,

d'Italie, ils furent obligés de ralen-
tir leur marche, car la bourse d'Eustache était épuisée. Ils continuèrent
leur route à pied, et furent obligés
de se servir de leurs papiers pour obtenir des secours. Ils en trouvèrent,
mais trop peu abondans pour pouvoir continuer aussi promptement
leur voyage : cependant Caroline ne
murmurait point contre le sort ; elle
était fortement résolue de suivre son
amant au-delà des mers, de l'aller
chercher, s'il était nécessaire, jusqu'aux ruines de Palmire ou aux cataractes du Nil. Eustache doutait
qu'il leur fût possible d'exécuter ce
dessein ; mais comme ce doute af-
fligeait sa douce fille, il commença
par n'en plus parler, puis finit par
fortifier l'espoir de cette aimable
enfant.

Ils furent assez heureux pour découvrir les traces du comte ; en les

3   C

suivant, ils arrivèrent heureusement
à Marseille, La bourse d'Eustache
s'était peu à' peu remplie de nouveau ; plus il approchait des bords
de la mer, plus il recevait d'abon-
dantes aumônes ; car la plus grande
partie de ceux à qui il demandait ,
avaient sur mer un parent ou un ami,
pensait à la possibilité où il était de
tomber dans l'esclavage , et espérait
que peut-être son aumône contribuerait au rachat de sa liberté. Eustache
épargnait avec beaucoup de soin ; il
était convaincu que s'ils étaient obligés de s'embarquer, son enfant aurait besoin de beaucoup de choses
qu'on ne peut se procurer sans argent : ses tourmens, sans cesse aug-
mentant, étaient aussi un peu adou-
cis par l'idée qu'il serait vraisemblablement obligé de faire un voyage
dans la Terre-Sainte ; que là , il pourrait, près du tombeau du Sauveur

du monde , invoquer le Tout-Puissant, et lui demander la force de résister aux combats cruels que sa passion et ses principes se livraient sans
cesse dans son cœur. J'ai déja dit
que l'amour seul l'avait engagé à
sauver Caroline , à former une entreprise qui l'avilissait aux yeux de
ses confrères et de ses concitoyens.
Il l'avait méconnu long-temps, parce
qu'il s'était caché sous le manteau
de l'amour paternel ; mais comme
ce sentiment prenait à chaque instant de nouvelles forces, il le reconnut enfin ; il en fut effrayé. Malgré
les efforts de ses principes pour le
détruire, il augmentait tous les jours,
car une foule de circonstances servaient à le nourrir. Caroline qui ne
regardait Eustache que comme son
père , qui l'aimait, le respectait
comme tel , reposait quelquefois,
sans inquiétude , à ses côtés, sur un

lit de paille, et, quand elle ne craignait pas d'être surprise, avec la confiance de l'innocence, lui laissait
souvent apercevoir tous ses charmes.
Celui-là seul peut se faire une idée
de ce que souffrait Eustache à cet
aspect, qui s'est trouvé dans une
pareille position, et qui, retenu par
ses principes, ou par des obstacles
invincibles, n'a osé déclarer son
amour. Quelquefois, à la vérité, la
force de sa passion l'entraînait; il
prenait sa bien-aimée entre ses bras,
la pressait contre son cœur brûlant,
mais bientôt sa conscience venait à
son secours : quand dans ces terribles
instans sa douce Caroline, s'abusant
sur ses sentimens, lui prodiguait ses
caresses et les doux noms de père,
celui de fille venait sur ses lèvres,
tandis que son cœur en prononçait
un autre, et il s'éloignait vivement.
Quelquefois il pensait avec effroi,

qu'il conduisait l'idole de son cœur
entre les bras d'un autre; il le voyait
reposer sur son sein, coller ses lèvres
sur les siennes, la conduire enfin à
l'autel, la nommer son épouse; alors
son état était terrible. Il serait sans
doute devenu victime de son désespoir, s'il n'eût conçu la douce espérance qu'elle ne pourrait rencontrer
son amant, et que, lasse enfin de ses
recherches, elle lui permettrait de
lui offrir sa main. Cependant il ne
négligeait rien pour retrouver et suivre les traces du comte détesté. Souvent sa passion cherchait à lui persuader que cè serait un crime très-
pardonnable de faire prendre un
autre chemin à la jeune fille sans ex-
périence, de s'assurer de cette proie
dont dépendait son bonheur ; mais
ses principes et sa conscience con-
damnaient bientôt une pareille action; quelque violent qu'il fût, ra-

rement son amour parvenait à leur
imposer silence plus d'un instant. Il
ressemblait parfaitement à un chêne
que la tempête courbe souvent, mais
ne peut déraciner. Figurez - vous,
cher lecteur, combien cette position
était terrible ; souvenez - vous que,
quoiqu'âgé de cinquante ans, Eustache était dans toute sa force, car
jamais aucune jouissance ne l'avait
affaibli ; vous vous ferez une faible
idée de ses souffrances, de ses combats, et vous pourrez aussi peu lui
refuser votre estime que votre admiration, car il les mérite toutes
deux au plus haut degré. Qui de
vous, en pareille occasion, aurait
autant souffert et si vaillamment
combattu ?

A Marseille, dans cette ville si peu-
plée, qui ressemble à la mer agitée,
sur le bord de laquelle elle est située,
ils perdirent les traces qui les avaient

guidés jusqu'alors. Semblable aux
vagues de la mer, une foule de peuple s'agitait jour et nuit dans les
rues : quand Eustache s'y mêlait et
hasardait des questions, le plus souvent on le raillait, ou on lui riait au
nez, car il ressemblait à un fou qui
chercherait et voudrait trouver une
goutte d'eau tombée dans la mer. Il
parcourut toutes les auberges de la
ville avec des peines infinies, deman-
dant par-tout des nouvelles du
comte, n'en pouvant obtenir nulle
part. Quand Caroline le voyait revenir sans avoir rien appris, elle se
livrait à la douleur ; ses larmes en-
gageaient Eustache à faire encore
de nouvelles démarches. Après avoir
cherché inutilement pendant un
mois, il revint un jour apportant à
sa fille la nouvelle qu'il y avait dans
le port un vaisseau prêt à mettre à
la voile pour Alexandrette. Caroline

le supplia d'y retenir une place pour
elle et pour lui , car elle était fortement persuadée que le comte était
parti depuis long-temps pour se rendre aux ruines de Palmire , et qu'elle
ne le trouverait que là. Eustache le
croyait aussi : il se disposa à remplir
ses vœux.

Heureusement le capitaine de ce
navire avait un grand respect pour
la religion et ses ministres. Fort
jeune il avait été esclave chez les
Turcs ; des moines de la Trinité
l'avaient racheté ; il se réjouit de
pouvoir être utile à un membre de
cet ordre ; il lui offrit une place sur
son navire , et lui promit de le nourrir jusqu'à Alexandrette. Autant Caroline fut aise de cette nouvelle , autant elle fut affligée de la crainte,
assez bien fondée , qu'avait Eustache de voir son sexe découvert sur
un vaisseau , où l'on a tant de temps

et d'occasions de vérifier un pareil
doute , quand une fois on le conçoit.
Pour se cacher aux regards curieux
des matelots, les empêcher de soupçonner son sexe , Eustache lui conseilla de colorer, avec de l'ocre , son
visage si joli , dont l'espoir avoit con-
servé la fraîcheur , malgré toutes les
fatigues du voyage. Caroline trouva
ce conseil très-sage , fit un essai; il
lui réussit tellement, qu'Eustache lui-
même s'en réjouit sincèrement , car
ce moyen déguisait, à ne pas les reconnaître , des charmes qui , trop
souvent et involontairement , éle-
vaient dans son cœur de terribles
tempêtes.

Trois jours après , ils se rendirent
à bord du vaisseau. Ils entendirent
avec plaisir tous les matelots plain-
dre le jeune frère malade, et exprimer le doute qu'il pût achever le
voyage. Le capitaine conseilla à Eus-

tache de le faire débarquer; mais le
jeune moine ayant protesté qu'il était
résolu à accomplir son vœu, dût-il
lui en coûter la vie; il promit d'avoir
pour lui des soins paternels. A ce
dessein, il les logea tous deux dans
une petite cahutte près de la sienne;
quand ils eurent le mal de mer, il
n'épargna rien pour les soulager. Le
voyage fut très-heureux; le capitaine assura qu'il n'en avait jamais
fait d'aussi prompt, et eut la bonté
de l'attribuer aux prières des deux
moines. Ils jetèrent l'ancre dans le
port d'Alexandrette. Le capitaine
abandonna les deux voyageurs à leur
sort, après les avoir fortement recommandés au consul de sa nation.
Celui-ci questionna Eustache sur les
motifs et le but de son voyage : préparé à cette question, il répondit
que son ordre l'avait chargé de chercher un comte allemand, qui avait

quitté sa patrie pour visiter les ruines
de Palmire et les cataractes du Nil,
et qui, vraisemblablement, avait
été fait esclave par les Arabes, de
qui il voulait le racheter. Le consul
voyant l'extrême difficulté de cette
entreprise, s'efforça d'y faire renoncer Eustache ; il lui prouva que, suivant toutes les vraisemblances, il
serait lui-même fait esclave par les
Arabes vagabonds, qui, ne connaissant, ni ne respectant l'ordre de la
Trinité, s'empareraient de lui et de
la rançon qu'il portait. Eustache,
en convenant qu'il avait raison, ne
résolut pas moins de poursuivre son
entreprise. Le consul les recommanda à quelques marchands chrétiens qui se rendaient à Alep, puis
à Damas, parce que cette dernière
ville était la plus proche des ruines
de Palmire.

Pendant tout le voyage, Caroline

n'avait pu vaincre sa tristesse : elle
se livra à la joie quand elle quitta le
port pour aller à Alep. Un pressenti-
ment dont elle ne pouvait se rendre
maîtresse, lui fesait espérer de trouver enfin son bien-aimé au milieu
des ruines de Palmire. Cet espoir
affaiblit à ses yeux l'image effrayante
des dangers qu'à dessein Eustache
lui avait peints tels qu'ils étaient.
Dieu nous protégera, nous conduira
heureusement au but, lui disait elle
fermement : elle pressait les pas du
cheval qu'Eustache avait loué pour
elle et pour lui, car aucun voyageur n'oserait risquer de se rendre à
pied d'Alexandrie à Alep.

Le troisième jour ils y arrivèrent.
Eustache commença à s'apercevoir
que l'excès des souffrances secrètes
de son cœur, et la grande chaleur
du climat où il se trouvait, agis-
saient fortement sur sa santé. Il ai-

mait trop Caroline, pour l'affliger
par cette nouvelle, et diminuer la
joie que lui inspiraient ses espérances; il lui cacha ce qu'il souffrait.
Quand l'instant du départ fut arrivé, il rassembla toutes ses forces,
et se mit en route pour Damas avec
elle et une petite caravane. Avant
d'avoir atteint cette ville, sa maladie fit de violens progrès; il reconnut qu'une fièvre brûlante le dévo-
rait : elle devint si violente, que le
quatrième jour il put à peine se soutenir sur son chameau. Quand le soir
la caravane fit halte, il se laissa
tomber sans forces sur le sable. Peu
d'instans après, sa tête se perdit.
Dans son égarement, il avoua son
amour à la tremblante Caroline, et
avant le lever du soleil, il avait rendu
l'ame entre ses bras.

La position de la jeune personne
était cruelle et terrible. Seule dans

un pays étranger , au milieu d'un peuple barbare , privée de son unique protecteur , ne pouvant plus tirer parti de son déguisement , elle voulait d'abord mourir à côté de son guide expiré. Les marchands chrétiens cherchèrent à la consoler ; ils l'assurèrent , en langue italienne , qu'elle entendait, qu'à Damas il y avait des cloîtres catholiques dans lesquels elle trouverait sans doute des secours : elle reprit un peu de courage, et résolut de poursuivre son voyage jusqu'à cette ville. La caravane était prête à partir : en vain Caroline supplia les marchands de l'aider à couvrir de sable le corps de son ami; ils s'y refusèrent , en alléguant le peu de temps qu'ils avaient, lui assurèrent que beaucoup d'autres voyageurs avaient été comme lui, privés de sépulture , et l'engagèrent à prendre tout l'argent du mort.

Des valets lui en avaient épargné le
soin, en s'en emparant pendant
qu'elle parlait avec les marchands.
Quand elle chercha sa bourse, elle
ne la trouva plus : elle fit peu d'attention à cette perte, ne sentit que
l'horreur d'une séparation éternelle,
et remonta sur son chameau sans savoir ce qu'elle fesait. Quand l'excès
de sa douleur fut un peu appaisé,
elle se souvint heureusement qu'Eustache, en louant sa monture à Alep,
en avait payé le prix : elle cessa aussi
d'avoir des inquiétudes pour le temps
qui devait se passer avant son arrivée à Damas, car il lui restait des
provisions et quelques pièces d'or
que son ami avait eu la précaution
de coudre dans une de ses manches,
pour parer à un accident imprévu.

L'entière destruction de ses espérances, la terrible perspective d'errer
toute sa vie dans ces pays étrangers,

peut-être d'être réduite au plus dur
esclavage , occupaient , tourmen-
taient son cœur, et lui fesaient sentir
doublement la perte de l'ami qu'elle
avait chéri et respecté comme un
père. Ses yeux ne séchèrent pas un
seul instant. Ce fut un bonheur pour
elle ; si elle n'avait pu pleurer, vraisemblablement elle aurait succombé
à l'excès de sa douleur. Maintenant
son habit lui était en horreur, car
elle réfléchissait aux dangers où l'ex-
poseraient la connaissance de son
sexe. Elle ne se calma un peu qu'a-
près avoir résolu de chercher à Damas une dame chrétienne , de lui
découvrir qui elle était , et de la
supplier de la recevoir chez elle
comme servante.

Le voyage jusqu'à Damas fut heureux. Personne ne s'occupait du jeune
moine affligé. La caravane s'arrêta
aux portes de la ville ; chacun des-

cendit de son chameau, fit décharger ses paquets, et se rendit en hâte à ses affaires. Un des marchands eut seul l'humanité de faire au pauvre abandonné le signe de le suivre. Il lui fit parcourir une partie de la ville, s'arrêta, lui indiqua du doigt une rue dans laquelle il l'assura qu'il trouverait des secours et des chrétiens, et le quitta pour veiller, dit-il, au transport de ses bagages.

La pauvre Caroline resta seule et délaissée, éloignée de plusieurs centaines de lieues de ses parens et de ses amis, au milieu d'un peuple, non-seulement barbare, mais dont elle n'entendait pas même la langue. Sans pouvoir mettre de l'ordre dans ses idées, entièrement occupée de l'horreur de sa position, elle erra long-temps dans la rue indiquée, et tomba enfin sans force sur les marches de pierre d'une maison d'assez belle apparence. Elle se serra dans un coin, contre la porte fermée de cette maison, fortement résolue d'attendre là que la mort vînt terminer ses maux. Quoiqu'il passât beaucoup de monde dans cette rue, personne ne fit à elle la plus légère attention. Déja la nuit s'approchait, quand la porte s'ouvrit. Une vieille femme en sortit, tenant une cruche à la main : elle resta immobile en apercevant le moine. Caroline fixa sur elle des regards incertains, obscurcis par ses larmes. Que voulez-vous, que cherchez-vous ici, mon révérend ? lui demanda la vieille en allemand. — Dieu ! tu as exaucé mes prières ! tu ne m'as point entièrement abandonnée ! s'écria Caroline dans la même langue. La joie brilla dans les yeux de la vieille. Un Allemand ! s'écria-t-elle.... Mais un moine, ajou-

ta-t-elle lentement, et son front re-
devint sévère.

— Si tu connais la pitié, si, comme
ton langage me l'annonce, tu es
chrétienne, aye compassion du plus
malheureux de tes frères, sauve-le
d'une mort prochaine; reçois-moi
dans ta demeure, je te servirai tout
le temps de ma vie comme le valet....
la servante la plus humble et la plus
fidelle.

— Je desirerais pouvoir te recevoir dans ma chambre, rendre par
mes soins des couleurs à ton visage,
des forces à ton corps, afin que tu
pusses continuer ton voyage; mais tu
es moine, je ne puis ni n'ose t'introduire dans cette maison. Mon maître,
quoique le plus humain des hommes,
l'a sévèrement défendu. Je serais
chassée, et errante comme toi, sans
asile, si je contrevenais à ses ordres.

— Oh! le barbare!... Non....

je ne le traiterai pas aussi cruellement ! Dans mes derniers momens ,
que le défaut de secours amènera
bientôt, je veux encore prier pour
lui, j'invoquerai le Tout-Puissant de
lui ouvrir les portes du ciel, quoiqu'il ait la dureté de me fermer la
sienne.

— Pauvre jeune homme ! à quoi
servent ces discours ? Rassemble tes
forces, suis-moi ; je vais te conduire
à un couvent de Capucins , qui près
d'ici tient un hospice : ils prendront
soin sans doute d'un homme de leur
croyance.

— De leur croyance ? N'es-tu pas
de la même, ainsi que ton maître ?

— Non, ni lui, ni moi ! Nous
sommes, il est vrai, chrétiens, mais
nous ne croyons pas tout ce qu'en-
seigne l'Eglise catholique; nous....

— Bonne mère, reçois-moi chez
toi, nous sommes de la même reli-

gion. Je ne suis point moine ; je n'ai pris ces habits que pour voyager dans ces contrées avec moins de danger.

— Tu n'es pas moine ? Comment pourrais tu le prouver ?

Caroline jeta rapidement un coup-d'œil dans la rue, et n'y apercevant personne, elle découvrit son sein : vois, et juge si je puis être un moine.

— Dieu du ciel ! tu es une femme !

— Oui, une femme, et une des plus malheureuses de son sexe ! Aye pitié de moi ! reçois-moi chez toi ! Si tu ne peux m'y rendre utile, permets-moi du moins d'y mourir.

— Oui, je te recevrai, je ferai tout.... Oh ! tu as toute ma compassion !.... Attends-moi un instant, je vais parler à mon maître, car je n'ose rien faire sans ses ordres.

— Hâte-toi ! Que Dieu donne de

la force à tes discours , et attendrisse
son cœur !

La vieille rentra, et reparut un
instant après, souriant avec bienveillance : elle tendit la main à Caroline: Viens , pauvre enfant , il
m'est permis de te recevoir , de te
prodiguer mes soins. Quand tu auras
recouvré tes forces, tu m'apprendras
tes aventures. Si tu n'as pas mérité
tes malheurs , si tu as été victime de
la barbarie des hommes , tu es digne
de jouir toute la vie des bontés de
mon maître; tu pourras les réclamer
hardiment , et tu seras la première
qui m'accusera de mensonge, si elles
te sont refusées.... Que fais-tu?

— Je prie Dieu de me pardonner,
car j'ai douté un instant de sa miséricorde.

— Viens , et jouis-en ; tu as besoin de reprendre des forces.

La vieille la conduisit dans une

chambre très-propre, lui apporta le
même jour des habits de femme, et
la servit elle-même. Caroline reçut
les habits avec le plus grand plaisir,
car depuis qu'elle avait perdu l'espoir de pouvoir continuer à chercher
son bien-aimé, ceux qu'elle portait
lui étaient devenus odieux : elle se
hâta de quitter sa robe de moine
pour les revêtir. La vieille, étonnée,
se prit à rire en la voyant laver avec
soin sa figure encore peinte, et lui
montrer peu à peu un visage, à la
vérité un peu pâle, mais cependant
très-joli. Elle alla au même instant
en rendre compte à son maître, et
vint redire à sa protégée qu'il en
avait ri comme elle. Depuis huit
jours Caroline était soignée dans
cette maison avec la plus grande attention ; elle n'avait, pendant tout
ce temps, vu que la vieille, qui ne
l'avait point encore interrogée sur

ses aventures. Sentant ses forces revenues, voyant reparaître les roses sur son visage, elle la pria de mettre le comble à ses bienfaits, en la conduisant aux pieds de son maître, qu'elle voulait remercier de ses bontés, et prier de lui continuer sa protection.

— Il n'exige pas tes remercîmens, lui répondit-elle en riant; tous les infortunés sont certains d'être protégés par lui.

— Je veux le voir, lui témoigner ma reconnaissance.

— Ne t'affliges pas, chère enfant, si je te ravis entièrement cette espérance. Ne m'interroges pas, car je ne puis encore te faire connaître l'obstacle qui s'oppose à tes desirs; calme-toi cependant; s'il refuse tes remercîmens, tu n'en es pas moins assurée de le voir te continuer ses bontés. Il parle souvent de toi; il souhaite

haite te voir de loin ; si tu veux lui
donner une preuve de ta reconnaissance, viens te promener avec moi
dans ses jardins. N'aye point d'effroi
sur ses desseins en desirant te voir ;
c'est un vieillard dont tu n'as pas la
plus légère injure à redouter.

Caroline consentit à cette prome-
nade ; elle erra long-temps entre les
arbres et les fleurs, et promenant
par-tout ses regards sans apercevoir
personne dans le jardin, ni aux fe-
nêtres qui donnaient dessus. Mon
maître t'a vue, lui dit la vieille le
même soir ; son œil s'est fixé avec
plaisir sur ton visage pâli par les
chagrins ; il desire apprendre par moi
tes aventures ; il n'est pas mu par
un sentiment de curiosité, mais par
le desir de connaître quels moyens il
pourrait employer pour te rendre
heureuse. Veux - tu m'instruire ?
Très-certainement tu n'auras point

à t'en repentir. Caroline satisfit avec
plaisir à ses desirs ; elle lui raconta
l'histoire de sa vie avec la plus grande
sincérité. Celle-ci l'apprit le lendemain à son maître, et quelques jours
après, le sort de Caroline devint plus
agréable. Jusqu'alors elle avait par-
tagé la chambre de la bonne vieille ,
elle fut conduite dans une autre élé-
gamment décorée; on lui annonça
qu'à l'avenir elle y logerait toujours:
elle y trouva toutes les commodités
imaginables, outre un grand nombre
d'habits fort beaux , destinés pour
son usage. Deux filles, qui cependant ne parlaient qu'arabe , étaient
dans son antichambre. Sa protec-
trice lui apprit qu'elles étaient desti-
nées à la servir. Caroline s'étonna
avec raison de ce prompt changement; avec quelque raison aussi elle
soupçonnait un serpent caché sous
tant de fleurs qui croissaient sous

chacun de ses pas : elle devint triste et rêveuse. La vieille vit sa tristesse, en devina la cause, et s'efforça de la consoler. Ton affliction, lui dit-elle, fait honneur à ton cœur, est une preuve de ton innocence, et fera grand plaisir à mon maître, quand je lui en parlerai : cependant rassure-toi ; il t'aime, non comme un voluptueux libertin, mais comme un père ; il veut te traiter comme son enfant, parce que ton doux regard a su toucher son cœur. Jamais l'innocence n'a versé une larme dans cette maison depuis qu'elle lui appartient ; jamais elle n'y en laissera couler une seule, tant qu'elle appartiendra à ses descendans.

— Mais pourquoi cette conduite mystérieuse ? pourquoi m'accabler à chaque instant de nouveaux bienfaits, me donner beaucoup plus que je n'oserais demander, et refuser les témoignages de ma reconnaissance?

— Je n'ai rien à te répondre, si tu juges mon maître d'après le commun des hommes, dont l'égoïsme et l'intérêt dirigent toutes les actions, et qui, malheureusement, ne forment que des projets funestes à l'honneur de ton sexe; mais j'espère bientôt te prouver qu'il est loin de leur ressembler. Jusque-là sois tranquille, jouis paisiblement d'un bien - être dont tu as été si long-temps privée.

Elle s'éloigna, et laissa Caroline à ses réflexions, qui augmentèrent ses chagrins, loin de les diminuer. Il lui paraissait impossible qu'un étranger vînt ainsi au secours d'une infortunée délaissée seule dans un pays si éloigné du sien, que, sans lui avoir parlé, et après l'avoir vu seulement une fois, il se décidât à la traiter comme son enfant, s'il n'avait pas des vues sur elle, et s'il ne con-

naissait un moyen de se faire payer
de ses bienfaits inattendus. Cette
idée prit de plus en plus racine dans
son ame : elle regarda le récit de la
vieille comme un conte fait à plaisir ;
la crut une infame entremetteuse ,
qui avait abusé de sa confiance d'une
manière affreuse , pour la vendre à
un Turc. Tourmentée par cette persuasion , elle prit la ferme résolution
de préférer mourir, à passer dans les
bras d'un barbare , ne voulut pas
toucher, le soir, au repas que ses femmes lui apportèrent , parce qu'elle
soupçonnait dedans quelques drogues
soporifiques , et ne dormit pas de la
nuit, parce qu'elle craignait à chaque
instant de se voir surprise.

Le lendemain matin, la vieille la
trouvant encore assise sur son lit et
pleurant, la blâma avec bonté, de
son peu de confiance, après les assurances qu'elle lui avait données, et

lui apprit enfin que, pour détruire
ses soupçons, son maître consentait
à ce qu'elle vécût ouvertement au
milieu de sa famille, mais à condition qu'elle ne prononcerait jamais
uu mot devant lui. Cette condition,
poursuivit-elle, en voyant l'étonnement de Caroline, augmentera peut-
être tes injustes soupçons : elle est
cependant indispensable; sans elle,
tu ne verras jamais mon maître ;
par conséquent, tu conserveras toujours tes doutes. Un vœu, qu'il a fait
dans l'excès de sa juste douleur,
qu'il a résolu de tenir à jamais, l'em-
pêche, quoiqu'il soit Allemand, de
jamais parler cette langue avec personne, excepté avec moi ; qui lui
parle allemand, est certain de le
voir fuir, et de n'en être plus jamais
écouté. Si tu veux le voir, et être
dissuadée de tes injustes soupçons,
soumets-toi à l'impérieuse nécessité.

Caroline, qui ne pouvait plus supporter la cruelle incertitude où elle
était , promit d'être muette ; elle
fut introduite, à l'instant même, près
de son singulier bienfaiteur. L'aspect du vénérable vieillard lui persuada que ses craintes n'étaient pas
fondées ; elle ressentit la joie la plus
vive, et chercha à l'exprimer en prenant la main de l'homme généreux ,
et la couvrant de baisers et de larmes.
Le vieillard était visiblement ému :
il étendit sa main sur sa tête, la bénit , la baisa au front, et dans les
yeux de tous deux on semblait voir
écrit un vœu réciproque et solemnel.
Tu seras ma fille bien-aimée ! lisait-
on dans les regards attendris du vieillard. Je t'aimerai et te respecterai
toute ma vie comme mon bienfaiteur
et mon père ! répondaient les yeux
expressifs de Caroline.

Maintenant, dit la vieille , après

avoir reconduit Caroline dans son appartement, mon maître a une fille qu'il aimera comme la vivante image de son épouse bien-aimée. Toutes deux lui furent ravies de la manière la plus cruelle : tu remplaceras l'enfant qu'il a perdu. Il a fait la remarque que tes yeux et ton regard ressemblent parfaitement au sien. Ah ! répondit Caroline, si je pouvais lui parler, lui peindre les sentimens dont mon cœur est rempli, peut-être apprendrait-il que je ne suis pas indigne du bonheur qu'il daigne m'offrir.

—Cela serait facile, si Caroline, jeune et devant encore avoir la mémoire heureuse, voulait apprendre l'arabe; en cette langue, tu pourrais parler à ton nouveau père, et lui raconter toi-même tes maux et tes aventures. Il fut très-naturel alors que la jeune personne desirât ardem-

ment d'apprendre une langue qui,
non-seulement la délivrait du rôle
fatigant de inuette, mais aussi lui
donnait la facilité de pouvoir parler
à son bienfaiteur. La vieille alla apprendre son dessein à son maître,
et vint redire à la jeune personne
que, si elle parlait le français ou
l'italien, elle recevrait, dès le même
jour, une leçon d'arabe. Caroline
témoigna sa joie à cette nouvelle,
car elle parlait très-bien français, et
attendit avec impatience son maître
de langue.

Avant qu'il parût, la jeune personne, comme devenue enfant de la
maison, fut appelée pour se mettre
à table. On l'avertit de nouveau
qu'elle ne pouvait parler qu'arabe à
tous ceux qui s'y trouveraient, et
que, par conséquent, elle devait
garder le plus strict silence, jusqu'à
ce qu'elle l'eût appris. Elle s'effraya,

D *

et ses joues se colorèrent d'un rouge
vif, en apercevant près de son protecteur quatre hommes jeunes, beaux
et bien faits , qui la saluèrent sans
mot dire , mais avec bienveillance ,
et lui présentèrent la main , comme
pour la féliciter sur son arrivée parmi
eux. Son trouble, qui trahissait de
nouveaux soupçons, n'échappa point
au vieillard; avant qu'on se mît à
table, il fit un signe à sa vieille , lui
parla bas à l'oreille, et celle-ci em-
mena Caroline dans un coin de l'appartement. Ces quatre jeunes gens ,
lui dit-elle, sont les fils de mon maître,
par conséquent tes frères. Aime-les
comme tels , bannis tes craintes , aucun d'eux n'est capable de troubler
ton repos ; comme à leur père la
vertu et la religion leur sont chers ;
ils ont les mêmes principes que lui ,
et ne s'en écartent jamais. Le courage de Caroline fut ranimé par cette

assurance : elle vint près du vieillard
avec le sourire de la reconnaissance ;
elle serra sa main dans les siennes ,
quand il fit en arabe la prière du
midi. La vieille et un autre vieux
domestique prirent aussi place à la
table , couverte de bons mets , sans
superflu. D'abord on parla peu ;
ensuite la conversation s'anima entre
le père et les enfans. Caroline ne put
douter qu'elle en fût l'objet. Les
jeunes frères ne portèrent pas sur
elle un seul de ces coups-d'œils si
familiers aux libertins ; elle se retira
dans son appartement , intimement
convaincue qu'elle demeurait avec
des hommes vertueux, et fortement
résolue d'apprendre une langue qui
lui donnerait la liberté de parler avec
eux.

Le même jour, elle vit paraître
son maître d'arabe. C'était un vieux
et infortuné marchand français, qui,

par des spéculations trop hardies,
par des naufrages, avait perdu tous
ses biens, et servait maintenant d'interprète à qui voulait l'employer.
Le protecteur de Caroline lui donnait aussi quelquefois des secours.
Comme la plus grande partie des
vieillards, il était excessivement verbeux : il raconta toute son histoire à
Caroline, et voulut apprendre la
sienne. Elle eut beaucoup de peine à
lui faire entendre que ce n'était pas
là le but de sa visite. Quoiqu'il res-
tât plusieurs heures avec elle, elle
ne put apprendre de lui qu'à dire en
arabe : Bonjour et je vous remercie.

Elle se servit de ce peu de mots le
lendemain au déjeûner. Le vieillard, par un sourire, lui en témoigna sa satisfaction. Son zèle, échauffé
par cette précieuse récompense, elle
donna toutes ses heures à l'étude,
s'exerça avec ses filles, et au bout

d'un mois, au grand étonnement de
tout le monde, elle pouvait beaucoup dire en arabe, et encore plus
entendre. Le vieillard et ses enfans
l'aimèrent sincèrement : on loua sa
diligence; elle fut regardée comme
de la famille, et eut la liberté de
cultiver des fleurs dans le superbe
jardin qui entourait la maison. Souvent, quand elle s'y promenait seule,
elle sentait l'étendue de son bonheur,
et adressait au Créateur les témoignages de sa reconnaissance; le souvenir du comte venait attrister son
ame : elle l'aimait toujours avec ardeur; elle le voyait errer dans d'affreux déserts , gémir sous le joug
d'un horrible esclavage; elle versait
des larmes, dont on apercevait souvent la trace sur ses joues, quand
elle reparaissait dans la petite société de son bienfaiteur. Quoique le
vieillard l'eût souvent interrogée sur

la cause de ces pleurs, elle avait toujours gardé le silence, parce qu'elle rougissait de conserver un amour sans espoir, et qu'elle cherchait à l'étouffer.

Elle avait inutilement essayé de s'instruire plus particulièrement de ce qui concernait son bienfaiteur et sa famille, d'apprendre la cause, tant de sa conduite mystérieuse que de l'horreur qu'il avait pour toutes les langues d'Europe. Tout ce qu'avait pu lui apprendre son verbeux maître de langue, c'est que le vieillard était Allemand, était venu s'établir à Damas depuis environ vingt ans, avait augmenté considérablement sa fortune par le commerce, possédait encore deux autres maisons dans la ville, avec un comptoir, et était en relation avec beaucoup de maisons de commerce étrangères. Pourquoi il fuyait toute société, vivait seul dans sa maison, répandait beaucoup de bienfaits, et avait élevé ses fils à tenir la même conduite, c'est ce dont il ne pouvait l'instruire. Il prétendait que cela venait d'un de ces caprices auxquels les gens riches s'abandonnent si souvent. La vieille était, à la vérité, assez instruite pour lui apprendre l'histoire de son maître, mais de sévères défenses enchaînaient sa langue. Quand tu sauras parfaitement l'arabe, lui disait-elle, mon maître t'instruira lui-même ; jusque-là, arme-toi de patience ; je ne puis ni ne dois trahir mes devoirs.

Depuis trois mois Caroline vivait dans cette maison : elle entendait très-bien, et parlait facilement sa nouvelle langue. A une heure inaccoutumée, elle fut appelée dans la chambre de son protecteur.

Hier, lui dit-il, tes yeux étaient

rouges. Pourquoi pleures-tu toujours
en secret? Ton père ne peut-il pas
connaître la cause de tes chagrins?
Troublée , elle garda le silence.
Si la honte enchaîne ta langue , je
veux être le truchement de ton cœur.
Tu aimes , tu aimes sans espoir ; tu
soupires après ton bien - aimé que
des méchans et sa propre sottise ont
conduit dans les déserts, où vraisemblablement il a terminé ses jours.
Depuis long-temps j'ai remarqué
ton chagrin , j'ai mis tous mes soins
à l'adoucir; j'ai écrit à tous mes correspondans et à mes agens de commerce, de s'informer des deux voyageurs. Toutes les nouvelles que j'ai
reçues, prouvent qu'on n'a pu découvrir leurs traces. Je suis sincèrement affligé d'être contraint à t'enlever tout espoir , mais il est du devoir d'un père de chercher à t'arracher à la douleur. Il faut t'en rendre

maîtresse; l'accomplissement de tes
vœux est désormais impossible , et
l'espérance est une folie. J'attends de
toi des efforts; une chrétienne doit
savoir se consoler et résister au désespoir , quand son Dieu se refuse à
ses desirs. Si tu suis mon conseil, si
les larmes cessent de rougir tes beaux
yeux, je t'en dirai davantage; je t'indiquerai un moyen par lequel tu
pourras peut-être encore trouver le
bonheur.

Caroline sentit toute la sagesse de
ce conseil. Malgré toute sa résolution , il lui fut impossible de le
suivre ; toujours l'image du comte
se présentait à ses yeux ; elle l'ac-
compagnait dans ses promenades so-
litaires, elle l'affermissait dans la
résolution de le pleurer jusqu'à la
mort. A la vérité, elle déguisa ce
projet , ne parut plus devant son
bienfaiteur avec des yeux rougis ;

mais la blessure de son cœur , loin de guérir , devenait de jour en jour plus profonde , parce que personne n'y versait le baume de la consolation. Avec crainte et inquiétude elle crut s'apercevoir , au bout de quelques semaines, que le fils aîné du vieillard fixait sur elle des yeux pleins de feu, dans lesquels brillaient aussi l'espérance. C'était un fort bel homme , fait sans doute pour inspirer de l'amour à une jeune fille ; mais le cœur de Caroline en aimait un autre, personne ne pouvait plus faire d'impression sur lui. Elle était troublée quand le jeune homme la fixait ; elle tremblait quand il lui parlait ; elle osait à peine se hasarder à lui répondre. Le bon père, qui connaissait et approuvait la tendresse de son fils , employa tous ses soins pour la faire réussir : semblable à tous ceux qui desirent

ardemment une chose, il prit pour
des symptômes d'amour ceux de la
crainte. Jacob, ainsi s'appelait son
fils aîné, fut encouragé par lui à
agir d'après cette supposition.Comme
il aimait avec ardeur, il oubliait
souvent ses affaires, pour suivre Caroline dans les jardins quand elle
s'y retirait, croyant pouvoir s'y livrer librement à la douleur.

Déja le jour précédent il lui avait
parlé d'amour; déja elle avait résolu,
pendant la nuit qu'elle avait passée
sans dormir, de lui ravir tout espoir, de lui faire connaître la plaie
de son cœur, d'implorer sa pitié,
quand, errant dans le jardin,occupée
toute entière de ce projet, elle aperçut si inopinément son bien-aimé à
la fenêtre. Elle crut voir son fantôme menaçant, qui venait lui ordonner de lui rester fidelle jusqu'à la
mort : elle s'évanouit. Le fils de son

bienfaiteur, qui l'avait suivie pour la prier de prononcer sur son sort, entendit son cri, la vit tomber, et courut chercher la vieille, pour qu'elle l'aidât à la transporter dans sa chambre. L'aile de la maison qu'habitaient les jeunes amis, n'avait point de porte percée sur le jardin; il n'y eut donc rien d'étonnant à ce que leurs recherches fussent vaines. Pendant qu'ils essayaient d'ébranler les barreaux de leur fenêtre, et qu'ils cherchaient inutilement des yeux leur nymphe dans le jardin, Caroline était sortie de son évanouissement : elle demeura long-temps avant de pouvoir s'expliquer ce qu'elle avait vu ; elle en parlait à mots entrecoupés. La vieille, qui se doutait que les jeunes gens cherchaient Caroline, et convaincue que leur vue la tuerait si elle n'y était pas préparée, courut les renfermer dans leur chambre. Voilà pourquoi il ne purent l'ouvrir, et furent aussi arrêtés dans un corridor, quand ils voulurent employer la force pour voir leur amie.

Ainsi seront donc empoisonnés tous les plaisirs de ma vie ; jamais je ne verrai s'accomplir un des souhaits favoris de mon cœur ! s'écria le vieillard avec un peu d'humeur , quand il apprit cette aventure. Il se remit promptement, et ajouta plus doucement : Dieu soit loué ! S'il ne veut pas me rendre entièrement heureux , il me procure du moins la jouissance de contribuer au bonheur des autres. N'en est-ce point une grande de déjouer la malice des hommes , de persuader de leur erreur deux jeunes fanatiques, et de remettre une tendre fille affligée entre les bras de son bien-aimé ? Que ma propre satisfaction et le bonheur de mon fils soient oubliés, puisque la main toute-puissante du Seigneur y met des obstacles. Dans cette noble résolution, il se rendit à la chambre de Caroline; il s'efforça de lui persuader qu'elle n'avait point vu un esprit, mais bien son amant miraculeusement sauvé, et qu'à l'avenir elle pourrait le voir et lui parler tant qu'elle voudrait. Les discours du vieillard la calmèrent : elle avait une entière confiance en lui; mais une nouvelle idée vint tourmenter son cœur, et fit couler ses larmes. A quoi peut me servir, s'écria-t-elle en se tordant les bras de désespoir, qu'il soit effectivement sauvé, qu'il se trouve sous la protection du plus respectable des hommes, si, forcée de lui découvrir que j'ai été un des instrumens de l'horrible fourberie qui l'a exposé à de si grands dangers, il paye mon amour du plus profond mépris. Il aimait la nymphe qui lui était destinée par une puissance supérieure, il détestera l'infame qui l'a trahi.

Les efforts du vieillard pour la tranquilliser et lui prouver que le récit simple et vrai de ses aventures suffisait pour la justifier, ne purent diminuer ses craintes. Elle souhaitait ardemment parler au comte. Quand elle exprimait ce vœu, un nouveau tremblement venait la saisir, et elle refusait de le voir. Voilà pourquoi les jeunes amis restèrent si long-temps dans l'incertitude. Ils auraient soupiré encore plus long-temps en vain après des éclaircissemens, si Caroline, en passant la nuit à réfléchir sur sa position, n'eût enfin conçu l'espoir que son voyage persuaderait le comte de son innocence, de son desir de le sauver, et qu'il lui saurait au moins quelque gré des dangers qu'elle avait bravés pour suivre ses traces. Quand le vieillard eut appris sa résolution, quand il eut lui-même parlé aux jeunes amis, il les envoya près d'elle, et abandonna stoïquement le destin de sa fille adoptive entre les mains de l'Éternel, dont il adorait et respectait les décrets.

Pendant qu'il attendait tranquillement, Caroline avait un rude combat à soutenir. Le comte et Frédéric écoutèrent, il est vrai patiemment, son récit et les détails de la supercherie qu'on avait employée pour les envoyer à l'autre bout du monde, mais ils étaient bien éloignés de croire un mot de tout ce qu'elle disait. D'abord, ils regardèrent ce récit comme une épreuve par laquelle la fille du sage et immortel Ménès voulait juger de leur courage et de leur fermeté. Quand Caroline essaya de détruire

truire cette idée par des raisonne-
mens sages et clairs, Frédéric fut
tenté de croire la nymphe un agent
du mauvais esprit, qui avait fasciné
leurs yeux pour les empêcher de le
reconnaître, voulait détruire tout
leur espoir par une histoire menson-
gère, les engager à ne pas poursuivre
leur voyage jusqu'aux cataractes du
Nil, et peut-être les éloigner à jamais du but, quand ils étaient prêts
de l'atteindre. Non-seulement il fixa
l'attention du comte sur la possibilité d'une pareille tromperie, mais
encore il lui rappela les avertisse-
mens que leur avait donné le sage à
Zurich, en leur défendant expressément de ne donner confiance à
l'apparition d'aucune des deux nymphes, s'ils ne voulaient s'exposer à
être trompés.

Le comte, qui fort heureusement
éprouvait l'amour le plus vif pour

3   E

Caroline, ne ressemblait pas mal à
un roseau agité par le vent : tantôt
il doutait, avec Frédéric , de la vérité du récit de sa maîtresse; tantôt
il le regardait comme digne de toute
sa confiance, parce qu'il croyait lire
dans les yeux de la jeune personne
les assurances d'une tendresse réciproque, et le serment que, pour tous
les trésors du ciel et de la terre, elle
ne voudrait pas le tromper d'un seul
mot. Frédéric voulait lui prouver
qu'il aurait été impossible à des
hommes d'opérer les merveilles qui
les avaient frappés d'abord, et dont la
vérité était prouvée par celles dont
ils avaient été témoins à la maison de
Paracelse, au mont Saint-Bernard
et à Marseille. Caroline observait
que la tourbe des fripons qui les
avaient joués , les avait sans doute
suivis jusqu'au bord de la mer , en
continuant à les tromper , pour

mieux parvenir à leur faire quitter
l'Europe. Le pauvre comte, incer-
tain, se promenait en silence. Tous
deux vous paraissez avoir raison,
dit - il enfin après de longues réflexions, tout ce que vous me dites
paraît possible et vraisemblable; j'ai
besoin de temps pour me décider à
prendre un parti, et reconnaître
clairement la vérité. Demain je te
reverrai. Si tu peux éclaircir tous
mes doutes et combler mon espoir,
je t'emmène avec moi dans ma patrie, où m'attend un sort moins brillant, il est vrai, mais où je pourrai
jouir de tout le bonheur réservé aux
mortels.

.En finissant ces mots, il quitta
Caroline. Frédéric le suivit, espérant lui persuader que l'apparition
de la nymphe trompeuse n'était
qu'un prestige de Béelzébut. Son
dessein ne réussit pas. L'Amour, à

qui tout cède, se mit de la partie,
et, ce qui lui arrive rarement, aida
la Raison à remporter une victoire
complète. La première fois que le
comte vit Caroline dans la grotte,
elle fit une forte impression sur son
cœur ; sa vue à Zurich l'augmenta
encore; maintenant qu'il entrevoyait
la possibilité d'avoir été trompé, en
réfléchissant que par amour pour lui
cette charmante fille avait quitté sa
patrie, avait traversé les mers pour
le suivre jusqu'en Syrie, son vœu le
plus ardent était de pouvoir l'en récompenser, et de passer le reste de
ses jours entre ses bras. Les discours
de l'incrédule Frédéric ne frap-
paient plus que son oreille, sans toucher son cœur. Il chercha lui-même
à fortifier sa raison. Ménès, se disait-il, nous a engagés à nous rendre
aux ruines de Palmire, nous y a promis des récompenses, des secours

pour atteindre le terme de notre
voyage. Nous y sommes parvenus à
ces ruines, au comble de l'affliction;
nous y avons erré long-temps, et
nous n'avons pas trouvé ce que nous
cherchions : ce ne peut pas, ce ne
doit pas être pour éprouver notre
courage. Ménès ne serait ni bon, ni
sage de tromper notre espoir; car
comment pourrions-nous croire à ses
promesses, quand il y a manqué
une fois, et nous a abandonnés dans
la position la plus affreuse?

Avec ces raisons et d'autres semblables, il combattit toute la nuit
les doutes de Frédéric. Quand le
jour parut, sa résolution était prise
de retourner dans sa patrie et d'y
chercher, dans les bras de sa bien-
aimée, un bonheur moins grand à la
vérité que celui auquel il renonçait,
mais qui ne lui offrait pas moins de
charmes. Il laissa à Frédéric le choix

de le suivre, ou de continuer à errer sur le bord du précipice affreux dans lequel ils étaient tombés déja plusieurs fois. Après un long combat, Frédéric se décida pour le premier parti. Si l'ami de mon cœur, dit-il, ne peut partager avec moi la précieuse récompense qui nous a été promise à tous deux, je renonce à ses douceurs, et je me lie à son sort jusqu'au dernier de mes jours. Le comte le remercia de cette preuve d'amitié, promit de ne jamais l'oublier, et se hâta de se rendre près de Caroline pour lui faire part de sa résolution.

Les liens de l'amour sont heureusement serrés, et tous les obstacles éloignés.

Il trouva Caroline attendant, espérant et craignant. Son premier regard fut une consolation pour elle; l'amour s'y laissait voir à découvert, et tout doit obéir quand il commande, ou garde un profond silence. Chacun des mots qu'il lui dit fut une consolation pour son ame et un baume bienfesant pour son cœur blessé. Ses plus hardies espérances se convertirent en certitude. Le but long-temps trop éloigné s'approcha fortement : elle se sentit heureuse et récompensée. Quoique sa langue pût difficilement s'exprimer, quand le comte lui demanda des assurances d'un amour éternel, il n'en fut pas moins persuadé de sa réalité ; et

quand enfin elle tomba dans ses bras
et qu'il sentit ses lèvres brûlantes se
coller sur les siennes, il s'estima
mille fois plus heureux qu'auprès de
la source merveilleuse. Nous retour-
nerons dans notre patrie, nous ou-
blierons nos folies qui, il est vrai,
nous ont conduit sur les bords de
notre perte, mais qui enfin nous ont
rendus inexprimablement heureux !
Ainsi s'écria le comte avec enthousiasme; ainsi balbutia Caroline à
demi-voix. Le froid Frédéric vint
empoisonner leurs plaisirs par ces
mots : Comment ferons-nous ce
voyage sans argent? Le comte ni
Caroline n'avaient point encore pensé
à se faire cette question, assez difficile à répondre : elle les attrista un
moment, sans cependant leur enlever tout espoir; ils comptaient que
le généreux vieillard ne refuserait
pas de leur avancer tout ce qu'ils

voudraient, sur les promesses du
comte, de le lui rendre fidèlement à
son retour en Europe. Pour changer
promptement leur conjecture en
certitude, le comte se rendit à l'appartement du vieillard ; Frédéric le
suivit, non pour joindre ses prières
à celles de son ami, mais pour se
convaincre, en silence, s'il devait
renoncer entièrement à ses espérances. Toujours son cœur tenait
aux puissantes illusions qui l'avaient
séduit ; toujours il regardait Caroline comme un fantôme envoyé par
le démon, pour les éloigner à jamais
du but. Ne le blâmes pas, cher lecteur ; sonde ton propre cœur, tu
seras bientôt persuadé que la superstition, les préjugés et le fana-
tisme exalté , ressemblent aux
mauvaises plantes que la main du
jardinier diligent ne peut détruire
qu'avec le plus grand soin, et qui

E *

regerment et poussent de nouveau,
quand la plus petite partie de leurs
racines est restée dans le sein de la
terre. Si l'amour n'eût pas étouffé
l'ivraie dans le cœur du comte , il
aurait, aussi bien que Frédéric, con-
servé des doutes , et peut-être auraient - ils couru tous deux à une
perte certaine. Le cœur de l'homme
ressemble parfaitement à une ta-
blette de cire, sur laquelle on em-
preint aisément toutes sortes de fi-
gures ; mais ces empreintes ont la
singulière propriété qu'en vieillis-
sant elles acquièrent la dureté du
marbre, et ne peuvent plus être effacées par de nouveaux dessins. Le
feu seul de l'amour peut les fondre ;
le jeune homme ou la jeune fille qui
aime pour la première fois avec ardeur , est en danger d'être entraîné
dans le chemin du crime, ou a l'es-

poir d'être ramené dans celui de la
vertu, s'il l'a quitté.

Le bon vieillard reçut les jeunes
amis avec bienveillance. Êtes-vous
maintenant persuadés, leur deman-
da-t-il en riant, que j'avais raison de
vous nommer fous et insensés.

— Nous sentons vivement ce que
nous étions ; nous nous repentons de
notre folie, et nous espérons que tu
seras assez généreux pour terminer
tous nos maux.

— Si je le puis, demandez hardiment ; je suis prêt à remplir mes devoirs envers vous.

— Le retour dans notre patrie est
le vœu le plus cher à nos cœurs. Je
possède en Allemagne des biens suf-
fisans pour vivre dans l'aisance, me
procurer des jours heureux.

— Les richesses font-elles donc
toujours le bonheur ?

— Non, mais elles y contribuent.

N'est-on pas heureux quand on peut satisfaire tous les desirs de l'amie de son cœur, et adoucir la misère de ses frères ?

— Du moins on croit l'être : ainsi, mon enfant adoptif ressent donc de l'amour pour toi ?

— Puis-je en douter, puisque par amour pour moi....

— Je sais ce que tu vas me dire. L'aimes-tu aussi tendrement ?

— Je l'aime de toutes les forces de mon ame ; je lui conserverai une reconnaissancê éternelle, pour m'avoir tendu une main secourable et retiré du fond de l'abîme.

— Que l'Eternel bénisse votre amour et vous rende aussi heureux que je le souhaite et l'espère! Retournez en paix dans vos foyers ; mes prières vous y suivront.

— Pour obéir à des ordres si doux, des obstacles insurmontables nous forcent d'avoir recours à ta générosité. Nous sommes, il est vrai, échappés, comme par miracle, au plus affreux esclavage, mais nos biens ont été la proie de perfides trompeurs ; nous....

— Pourriez-vous douter....

— Non, nous sommes certains d'obtenir de ta bonté les moyens de continuer notre voyage. Je promets qu'à mon retour dans ma patrie, je te ferai repasser tes fonds avec....

— Tu m'offenses !

— Pourquoi ? Je ne suis point pauvre ; je puis, sans présomption, me nommer riche. Pourrais-je, sans remords, enlever à d'autres infortunés la somme qu'il me faut pour achever mon voyage, et avec laquelle tu pourras les aider quand je te l'aurai rendue ?

— N'est-il point de malheureux dans ta patrie ?

— Hélas ! il y en a beaucoup.

— Eh bien, garde pour eux l'argent que je te prêterai ; tu le leur donneras de ma part, et le mettras sur ton compte avec moi.

— Homme noble et généreux !....

— Je n'exige aucun remercîment ; je n'en mérite pas, puisque tu as promis de remettre entre les mains de quelques infortunés la somme que je te prêterai.

— Eh bien, homme respectable ! reçois-les au moins au nom des pauvres à qui tu tends une main si généreuse. Je leur imposerai la loi de mêler toujours dans leurs prières le nom de leur bienfaiteur inconnu.

— A Sodome et à Gomorrhe il y avait aussi quelques justes dont Dieu écoutait les prières ; ainsi je ne m'oppose point à tes projets. As-tu tout dit ? tous tes vœux sont-ils comblés ?

— Je n'en forme point d'autre,

que d'obtenir tes secours pour me rendre avec les miens dans ma patrie.

— Point d'autre ? Ingrat ! point d'autre ? Ainsi je me vois forcé de te rappeler tes devoirs. N'es-tu pas encore le débiteur du noble Arabe qui t'a acheté, qui t'a tiré de l'esclavage, qui t'a conduit dans ces lieux avec tant de générosité, qui a préféré s'exposer aux reproches et aux railleries, à te rendre éternellement malheureux ?

— Oh Dieu! oui, je suis son débiteur, et je le serai sans doute toujours.

— Toujours ? Cette pensée te permettra-t-elle de goûter le moindre plaisir ?

— Tu as raison; mais comment lui faire parvenir mes dons quand il me sera possible de lui en faire?

— Lorsque j'ai appris tes aventures de la bouche de ma servante, et la noble action de ton généreux Arabe, j'ai envoyé des messagers après lui dans le désert, avec ordre de me l'amener s'ils pouvaient le rencontrer. Un d'eux est revenu et m'a dit qu'il serait près de moi avant la fin du jour. Je veux me rassasier du plaisir de voir cet homme si rare, pendant que tu feras tes préparatifs pour lui prouver ta reconnaissance.

— Puis-je lui offrir autre chose que l'assurance de ma sincère gratitude ?

— Qui suis-je donc ? Ne m'as-tu pas choisi pour ton banquier ? Refuseras-tu de rendre ce que je lui donnerai pour toi ? Ordonne, je payerai.

— Tout ce que tu feras sera bien fait ; je ne veux point abuser de tes bontés.

— Ordonne, te dis-je, je payerai.

— Comment puis-je ordonner ? Si

j'étais chez moi , et que je voulusse
récompenser cette action comme elle
le mérite , je partagerais tout mon
bien avec cet homme. Puis-je exiger
de toi une pareille somme ? Comment pourrais-tu t'en passer aussi
long-temps ?

— Dieu merci, cela me serait possible , mais une pareille somme, loin
de le rendre heureux dans son désert, pourrait au contraire causer son
malheur. Je voulais connaître l'étendue de ta générosité. L'ayant trouvée
telle que je la desirais, je me rends
à tes prières ; je veux diriger ton
présent, ou plutôt payer ta dette de
la manière que je croirai la plus con-
venable.... Tu vas encore me demander comment tu me rendras cette
nouvelle somme ? Donne - moi le
temps de me préparer à ce récit, et
je te l'apprendrai.

La tristesse obscurcit son front ;

des larmes roulèrent en grosses perles sur sa barbe argentée.

— Il erre, plût à Dieu que je pusse indiquer en quelle partie ! Il erre en Allemagne un homme dont le cœur fut toujours pur, dont la conscience ne fut jamais chargée du reproche le plus léger. Des méchans, des perfides, des loups déguisés sous des peaux de brebis, l'ont persécuté sans relâche, ainsi que moi ; ils m'ont chassé de ma patrie, et ils ont fait perdre la raison à cet infortuné. Quand, avec ma femme et mes enfans, je m'arrachai à la misère et à la persécution, en abandonnant la plus grande partie de mes biens à mes ennemis, et n'en sauvant qu'une légère portion, il me suivit avec la ferme résolution de chercher des hommes et des protecteurs parmi les adorateurs de Mahomet, qu'on nous représente en Europe comme des ti-

gres. Nous n'étions qu'à demi-sau-
vés ; nous pouvions encore être at-
teints par les cruels destructeurs de
notre félicité ; nous descendions le
Rhin pour nous rendre en Hollande,
quand je m'aperçus que sa raison
était égarée. Il commença à me tenir des discours extravagans ; il me
promit de me conduire, moi et les
miens, à l'île de la Foi ; et comme
un orage survint pendant que notre
bateau passait devant une petite île
du Rhin, il nous exhorta à le suivre,
et s'élança dans les ondes en s'é-
criant : Une foi constante ne trompe
jamais ! Je le vis aborder dans l'île ;
je vis les signes qu'il nous fesait de
l'aller joindre ; mais l'orage ne per-
mettant pas à notre bateau de prendre terre, nous fûmes contraints de
céder aux efforts du vent, et de descendre beaucoup plus bas. Quand
nous nous arrêtâmes, je retournai

le chercher ; je ne le trouvai plus sur
l'île ; j'appris qu'un pêcheur l'avait
ramené sur le bord. J'étais vivement
poursuivi ; je ne pus continuer mes
recherches ; j'eus beaucoup de peine
à rejoindre les miens , et je me hâtai
de continuer mon voyage. Jamais je
n'ai plus entendu parler de lui , quoique de la Hollande j'aye redoublé mes
informations , et que je n'aye cessé de
faire faire des recherches par mes
correspondans depuis que je suis dans
ces contrées. Ces cœurs froids n'ont
pas vraisemblablement soupçonné
ce que leur rapporteraient leurs soins ;
ils n'ont pas voulu croire que cette
affaire était pour moi de la plus
grande importance , et n'ont point
eu confiance aux grandes promesses
que je leur ai faites pour exciter leur
zèle. Je charge ton cœur de ce soin;
la reconnaissance l'échauffe , rien
n'est impossible à ce sentiment , du

moins rien ne lui paraît trop difficile. Si tu réussis , si tu rencontres
ce cher insensé, qui te fixera en silence, qui ensuite voudra te conduire dans l'île de la Foi , dont il te
fera une peinture charmante , et qui
te criera sans cesse : une foi constante
ne trompe jamais! aye pitié de cet
infortuné ; conduis-le dans ta demeure; soigne-le comme un père ;
rends-lui aussi douce que possible la
fin de sa carrière, jusqu'à présent
jonchée d'épines. Par cette action ,
non-seulement tu récompenseras richement ce que je fais pour toi ,
mais tu me rendras encore éternellement ton débiteur, car tu auras
sauvé le meilleur des hommes, tu
auras soigné et nourri mon frère.

— Ton frère ?

— Oui, le même sein nous a portés. Quand ma bonne et tendre mère
suivit son époux dans l'éternité, elle

m'ordonna de veiller et de protéger
toujours ce jeune frère. Long-temps
j'ai obéi à ses derniers ordres ; je l'ai
élevé dans la crainte du Seigneur ;
j'a i vu mesoins richement récom-
pensés, mais maintenant il est ar-
raché à ma tendresse. En rejoignant
ma mère, je ne pourrai lui en apprendre des nouvelles.

— N'était-il pas, comme toi, un
vieillard ?

— Il ne compte que dix années de
moins que moi ; j'approche de ma
soixante-dixième ; il doit approcher
aussi, et peut-être déja a-t-il atteint
l'âge où la misère et le besoin s'em-
parent du vieillard impuissant.

— N'était-il pas plus petit que toi,
au moins de la hauteur de ta tête ?

— Tu l'as peut-être déja vu ? Oui,
j'étais plus grand que lui.

— N'avait-il pas le nom de Jéhova
imprimé en lettres hébraïques ?

— Oui! grand Dieu! oui, l'amour de ce grand nom était gravé profondément dans son cœur : quand il voulut nous instruire, il l'avait sans cesse à la bouche; il l'imprima dans sa main droite en caractères ineffaçables, à la manière des pélerins : ainsi vous l'avez vu, vous lui avez parlé ? où ? quand ? comment ?

— Nous l'avons vu, nous lui avons parlé ; sa folie, qu'alors nous nommions autrement, nous a sauvé la vie; c'est à lui que nous devons le bonheur de te connaître.

— Oh ! parle, parle ! apprends-moi où je dois le chercher, où je pourrai le rencontrer ?

— Avant de commencer, je dois te demander si tu parlais d'après ton cœur, quand au commencement de ton récit tu as exprimé le vœu qu'il fût déja dans le sein de son créateur.

— Ce vœu était sincère, quand je

me le figurais malade, sans secours,
en proie à la misère ; mais je souhai-
terais le contraire , si tu m'indiquais
les moyens de finir ses malheurs et
de le ramener dans mes bras.

— Je m'estimerais heureux de
pouvoir-combler ce dernier souhait...
Mais.... hélas !....

— Le nom du Seigneur soit loué !
Ainsi il a terminé sa carrière ; il est
allé dans le sein de son Dieu recevoir
la récompense de ses vertus. Ma
bouche ne formera plus de plaintes ;
mes chagrins s'évanouiront, si vous
pouvez me prouver avec certitude
ce que vous avancez.

— Malheureusement, cela nous
est très-facile. Ces mains l'ont dé-
posé dans la tombe , et en ont fermé
l'entrée avec des éclats de rocher ,
pour que des animaux féroces ne dé-
chirent pas son corps. Il repose loin
d'ici, dans le coin de la terre le plus
merveilleux,

merveilleux, mais aussi le plus inconnu ; il est mort dans la persuasion qu'une foi constante ne trompe
jamais.

Pour se rendre aux desirs de son
protecteur, le jeune comte lui raconta tout ce qui était relatif au mys-
térieux vieillard qu'ils avaient ren-
contré sur le vaisseau, qui, quand
il fit naufrage, les avait engagés, par
son exemple, à s'élancer dans les
flots, et était cause qu'ils n'avaient
pas perdu la vie comme leurs compagnons. Le vieillard écouta avec
attention et attendrissement son récit singulier; il donna des larmes à
la mémoire de son frère, qui ne s'é-
tait sans doute embarqué que pour
venir le joindre. La description de
l'île inconnue, les portraits de ses
honnêtes habitans, la douceur avec
laquelle ils traitaient les esclaves
chrétiens, excitèrent son admira-

3   F

tion. Si des sermens n'enchaînaient
pas vos langues, si vous pouviez avec
certitude m'indiquer la position de
cette terre hospitalière, oubliant mon
âge, je m'y rendrais pour admirer,
dans le gouverneur de cet heureux
peuple, le plus généreux des hommes. Tels étaient ses discours, quand
les jeunes amis s'arrêtaient et s'inter-
rogeaient mutuellement s'ils pouvaient rapporter tel ou tel fait sans
manquer à leurs promesses. Le vieillard avait appris par Caroline, leur
histoire jusqu'à leur départ de Zurich. La vieille lui avait rapporté ce
qu'ils lui avaient confié le jour de
leur arrivée; mais ce n'était que des
morceaux détachés, et il souhaita
entendre de suite le récit de toutes
leurs aventures.

Il s'étonna, avec raison, de la supercherie qu'on avait imaginée pour
éloigner les deux jeunes gens, de

l'adresse avec laquelle on l'avoit conduite, mais il en débrouilla tous les
fils, et n'eut point de peine à deviner
les motifs des trompeurs. Il s'efforça
de présenter aux deux amis cette
aventure dans le jour sous lequel il
la voyait, pour les prémunir contre
de nouveaux stratagêmes. Son noble
dessein réussit en partie, même Frédéric commençait à prêter l'oreille à
la voix de la raison, à soupçonner
qu'il pouvait avoir été trompé. Cependant ses doutes revinrent de nouveau quand il en fut à l'histoire du
Persan, qui non-seulement avait été
instruit par une vision de leurs éton-
nantes aventures, mais aussi avait
été si inopinément guéri de sa sur-
dité par leurs secours. On ne peut
soupçonner ici un perfide Européen
derrière le rideau, dit-il d'un air
triomphant; il lui aurait été impossible de nous suivre à l'île inconnue,

puis de-là jusqu'à Bassora. Le sage
vieillard, par ses questions, parvint
encore à découvrir cette supercherie,
et à convaincre jusqu'à Frédéric. Il
leur demanda s'ils avaient laissé apercevoir leurs richesses au juif, leur
hôte de Bassora, s'ils avaient parlé
de leurs projets dans leur chambre.
Les jeunes amis ne purent se défendre
de répondre affirmativement, et il
ne fut pas possible à Frédéric de con-
tredire le comte, quand il le fit souvenir que lorsqu'ils étaient seuls ils
parlaient pendant des heures entières
du but de leur voyage, des merveilles
qui les avaient engagés à quitter leur
patrie, de celles qui les attendaient
encore, et qu'ils n'avaient cessé d'employer la langue arabe, pour s'y fa-
miliariser davantage. Le juif chez
qui vous demeuriez, dit le vieillard,
convoitait sans doute vos richesses;
il ne pouvait s'en emparer chez lui

sans faire naître des soupçons ; il ne
lui était pas non plus possible de
vous les dérober pendant le voyage
auquel vous vous prépariez, puisque
vous deviez marcher sous la protection d'une nombreuse caravane ; il
fut donc obligé de chercher un moyen
pour vous en séparer ; il écouta sans
doute vos discours, reconnut votre
folie, et sut en tirer parti. Figurez-
vous le Persan un agent du juif,
toutes les merveilles disparaîtront,
et vous reconnaîtrez la fourberie. En
feignant d'être sourd, il sut fixer
votre attention; il ne s'est laissé guérir à dessein que peu de temps avant
le départ de la caravane; il ne vous
suivit que quand vous crûtes l'avoir
guéri miraculeusement. Il était certain de s'attirer toute votre confiance, en se disant envoyé du sage
Ménès, et il sut mettre à profit tout
ce qu'il avait recueilli de vos dis-

cours, pour vous persuader de la vérité de sa mission. Si ce n'était pas lui qui vous a livré aux Arabes, bien certainement ils l'auraient fait esclave ainsi que vous; ils l'auraient même gardé avec plus de soin, s'ils ne l'avaient pas tué, parce qu'étant ce qu'il prétendait être, il aurait pu tôt ou tard les faire punir.

~~~~~~~~~~~~~~~~~~~~~~~~~~~~

Le Vieillard ne racontera-t-il pas aussi son histoire aux jeunes amis ?

Il la leur raconta ; et quoique je n'aime point à courir d'épisode en épisode, je regarde cette fois comme un devoir d'en faire part à mes lecteurs. Sa conduite singulière a sans doute excité plus d'une fois leur curiosité, et leur a vraisemblablement fait naître le desir de faire plus ample connaissance avec cet homme

extraordinaire. Jacob, ainsi se nommait le vieillard, était le fils d'un
riche Memnonite , qui avait fortement contribué à faire fleurir cette
colonie connue dans le Palatinat , et
qui par son travail avait su amasser
de gros biens. Il mourut fort vieux.
Son fils sentit vivement sa perte ; cependant il se consola peu à peu , en
jetant les yeux sur la carrière qu'il
avait à parcourir. Elle avait été se-
mée de fleurs par son père , qui lui
avait choisi une épouse de sa croyance , dont la beauté charmait ses
yeux , et dont son cœur admirait les
vertus avec enthousiasme. Plus il
passa de jours en sa société , plus il
se persuada que son sort était lié à
celui de la plus belle et de la meil-
leure des femmes. Il l'aimait de l'ardeur la plus vive; près d'elle il s'es-
timait plus heureux que le plus heureux des monarques. Cette épouse

chérie devint enceinte ; le dérange-
ment qu'en éprouva sa santé , força
son époux de la conduire aux bains.
Ils y vécurent fort isolés , suivant
leur usage, mais l'époux ne pouvait
empêcher que tous les buveurs d'eau
n'admirassent la beauté de sa Joanna , c'est ainsi que s'appelait la belle
Memnoniste, et ne voltigeassent autour d'elle. Un Monsieur d'assez haut
parage , qui la suivait avec le plus
d'opiniâtreté , leur devint bientôt
excessivement à charge à tous deux.
La santé de Joanna s'étant rétablie,
ils se hâtèrent de quitter les bains ,
persuadés que le calme et la solitude
conviennent seuls à l'amour. Joanna
rendit, dans la suite , son époux
père de quatre enfans, qui augmentèrent encore son bonheur. Quand
après avoir donné le jour au dernier,
elle eut recouvré sa santé , aussi fraî-
che et aussi jolie que la rose qui vient

d'éclore, elle se remit à la tête de son ménage. Un jour elle entra pâle et tremblante dans la chambre de Jacob. Pendant que je donnai le jour à ton plus jeune fils, lui dit-elle, tu as pris un étranger à ton service ?

— Oui, il était malheureux, il a imploré ma pitié, je n'ai pas cru devoir la lui refuser, j'en ai été récompensé par son exactitude au travail et sa fidélité.

Si je ne suis point trompée par mes yeux, si les pressentimens de mon cœur ne m'abusent point, c'est le même jeune homme , chamarré d'or et de rubans, qui aux bains me suivait sans cesse, se permettait de me tenir à l'oreille des propos indécens, et m'a cent fois juré qu'il voulait me posséder ou mourir. Approfondis mes soupçons, et éloigne de moi les dangers, avant que je n'en sois la victime.

F

Jacob, étonné, fit aussitôt venir
le jeune homme, lui paya ses gages,
et lui ordonna de quitter à l'instant
sa maison. Les instantes prières avec
lesquelles cet étranger essaya de l'at-
tendrir, confirmèrent ses soupçons;
il persista à le renvoyer, et dans la
chaleur de son ressentiment, lui en
laissa pénétrer la cause. Le jeune
homme s'éloigna alors fièrement,
en fesant des menaces, dont Jacob
fit peu de cas.

Peu de temps après, ses affaires
l'appelèrent au marché annuel d'une
ville voisine. Son frère, le ministre
de sa secte, l'accompagna dans ce
voyage, et Joanna resta seule sans
inquiétude, parce qu'ils lui promirent de revenir le même soir. Ils
terminèrent leurs affaires le plus
promptement possible; un pressen-
timent inquiet et involontaire, fit
hâter Jacob de regaguer sa maison.

Ils l'apercevaient déja au travers du taillis dans lequel passait le chemin qu'ils suivaient, quand des cris vinrent frapper leurs oreilles; ils doublèrent le pas, et aperçurent Joanna entre les bras de quatre hommes armés, qui cherchaient à étouffer ses cris. Le pacifique Jacob, dont la main jusqu'alors n'avait point encore touché un instrument de mort, se jeta sur ces brigands avec la fureur d'une lionne à qui l'on a ravi ses petits. Deux coups de feu dirigés contre lui, dont un lui perça le bras gauche, n'arrêtèrent point sa fureur. Avec une force plus qu'humaine, il arracha l'épée d'un des ravisseurs qui menaçait de l'en percer, et en frappa les autres à grands coups redoublés. Quand il eut recouvré la faculté d'examiner ce qui se passait autour de lui, Joanna, sans connaissance, était dans ses bras; à ses pieds un

des ravisseurs, baigné dans son sang,
rendait le dernier soupir, et les autres étaient disparus. Son frère,
couché au pied d'un chêne, cherchait avec effort à se relever. Un des
brigands dont il avait voulu arrêter
la fuite, l'avait percé de son épée.
Jacob fut long-temps à rappeler son
épouse à la vie, et à lui persuader
qu'elle était entre ses bras. Quelques
paysans qui passèrent par cet endroit avec un chariot, y mirent
Joanna, son frère, et le brigand expirant, pour le conduire près des
juges. Avant d'y arriver, il avoit
rendu l'ame ; ils ne purent déposer
que son corps. Le lendemain, Jacob
fut mandé devant les magistrats, raconta l'aventure dans toute sa vérité, et en donna la preuve dans ses
blessures et celles de son frère. Son
épouse ajouta que, voulant aller au-
devant de lui, ces hommes armés

s'étaient jetés sur elle dans le taillis,
et s'étaient efforcés de l'enlever. Les
juges firent fouiller le mort. Comme
non-seulement ils trouvèrent sa montre et sa bourse, mais encore d'autres bijoux, ils conclurent très-na-
turellement que ce ne pouvait être
un brigand ordinaire, mais l'agent
de quelque seigneur, qui voulait séduire et enlever la charmante femme
du Memnonite. Jacob fut renvoyé
chez lui d'après ces informations,
sous la condition cependant de se re-
présenter à la justice toutes les fois
qu'il en serait requis. Il se retira, intimement convaincu qu'on ne lui
imputerait point à crime d'avoir volé
au secours de son épouse.

Le soir du troisième jour, après
cette cruelle aventure, il était à dé-
libérer avec sa femme et son frère,
s'il ne serait pas plus prudent de s'é-
loigner que de rester dans cette con-

trée dangereuse; quand sa maison
fut entourée de soldats : il vit entrer
la justice et ses valets dans son pai-
sible asile ; on laissa des gardes près
d'eux, pour les surveiller, puis on
fit dans toute la maison les perquisitions les plus exactes. Quand on ouvrit une petite armoire dont Jacob
avait la clef, on y trouva une montre
d'or garnie en diamans, une bague
d'un très-grand prix, et une bourse
remplie de trois cents louis. C'est
avec justice que tu es accusé de vol
et d'assassinat, lui dirent les com-
missaires; ta punition sera propor-
tionnée à ton crime. En achevant
ces mots, ils ordonnèrent qu'on
s'emparât de lui. Malgré ses plaintes,
il fut, ainsi que son frère, entraîné
en prison. Avant de continuer à
peindre les souffrances de ces infortunés, je vais donner la clef des évé-

nemens qui les entraînèrent dans cet abyme de maux.

Peu après que Jacob eut fait sa déposition devant les juges, un des habitans parut devant eux, et déposa qu'il avait reconnu dans le mort, le valet de chambre d'un comte voisin. Les possessions de ce comte n'étant point situées dans la juridiction de cette contrée , on écrivit aux juges du lieu, pour éclaircir cette affaire. Deux jours après, le comte parut lui-même au tribunal , avec plusieurs des siens ; il reconnut dans le mort son valet de chambre , et fit la déposition suivante : Je me rendais, il y a deux jours , avec cet homme, mon chasseur et deux valets, chez un de mes amis qui demeure dans les environs. Comme la nuit approchait, et que je craignais un orage , je quittai la grande route, et voulus abréger mon chemin en

traversant les terres. J'entrais dans
le taillis, quand un grand homme
portant un habit brun , saisit les
rênes de mon cheval, tandis qu'un
autre en fesait autant à mon chasseur. Ils nous menacèrent de nous
amener ici , prétendant que nos
chevaux avaient foulé leur moisson
en passant sur leurs champs. Je n'a-
vais pas encore eu le temps de répondre, que le second de ces hommes
s'était déja emparé de l'arme de
mon chasseur, et en avait assené
un si furieux coup sur la tête de
mon valet de chambre, qu'il tomba
de son cheval en me couvrant de son
sang. Mes deux valets, qui étaient
sans armes ainsi que moi, prirent la
fuite. Quoique mon chasseur , en
déchargeant ses pistolets sur ces deux
hommes , en eût blessé un au bras ,
ils m'arrachèrent de dessus mon cheval. Mon chasseur prit aussi la fuite,

parce qu'il entendit marcher et qu'il
supposa les brigands en plus grand
nombre. Je ne déguiserai point que
me voyant seul, je craignis pour mes
jours. Pour les sauver, j'offris ma
montre, ma bague et ma bourse. Ces
hommes prirent le tout, et s'enfon-
cèrent dans le taillis. Je n'osai hasarder de les suivre; je m'éloignai
rapidement, trouvai mes deux valets sur les bords du fleuve, et me
rendis chez moi. Mon chasseur était
tombé de cheval à quelques pas de
l'endroit où mon valet de chambre
était expirant; il n'avait pu s'éloigner, parce qu'il s'était foulé le pied,
et que sa monture s'était échappée.
Un instant après mon départ, il vit
revenir les brigands, qui vraisemblablement voulaient fouiller le
mort. Tout-à-coup une jeune femme
parut. Qu'y a-t-il donc? s'écria-
t-elle avec inquiétude; j'ai entendu

des coups de feu ! Dieu du ciel ! qui
a assassiné ce malheureux ? Les deux
hommes essayèrent long-temps en
vain de la calmer et de lui imposer
silence : elle ne cessait de gémir ; ce
qui prouvait clairement qu'elle n'é-
tait pas complice des crimes de son
époux. Mon chasseur craignant d'être
massacré s'il était découvert, pro-
fita de l'instant où ils étaient occupés
d'elle, pour se traîner loin de cette
scène d'horreur. Il retrouva son cheval dans une prairie, le monta et
vint me rejoindre. Il ne peut être
instruit de ce qui se passa après son
départ. J'envoyai aussitôt tous mes
gens à la découverte, présumant que
les assassins, pour cacher leur crime,
transporteraient le corps de mon fidèle domestique dans quelqu'endroit
reculé de la forêt. En attendant leur
retour, je fis mes dépositions à la
justice. Hier soir, un de mes gens est

parvenu à découvrir le nom et la demeure des brigands, et je suis venu
avec les témoins nécessaires, pour
demander justice de cette scélératesse. Il accusa alors l'infortuné Jacob et son frère, demanda qu'on en-
tendît son chasseur et ses deux valets; tous trois confirmèrent sa déposition. Les juges ne pouvaient
concevoir que le riche et honnête
Memnonite fût un voleur de grand
chemin. Le comte insista pour que
non-seulement on s'assurât de lui et
de son frère, mais encore qu'on fît
chez lui d'exactes perquisitions, assurant qu'on y trouverait sans doute
les objets volés, et menaça de porter
ses plaintes à la cour du Landgrave,
si l'on refusait de lui rendre justice
et de conduire dans les prisons le
pauvre Jacob avec son frère, comme
coupable de vol et d'assassinat.

On lui raconta la déposition qu'il

avait faite avec son épouse devant le tribunal. Il témoigna le plus grand étonnement de cette ruse, qu'il appelait infernale, et chercha adroitement à excuser la jeune femme, qui, disait-il, avait été vraisemblablement forcée à appuyer cette déposition de son témoignage, ou s'y était prêtée volontairement pour sauver les jours de son mari. Il prouva, par d'excellentes raisons, qu'une femme ne pouvait être regardée comme coupable de taire les crimes de son époux, et n'était pas susceptible d'être punie pour avoir cherché à les déguiser devant la justice par un mensonge. Les juges regardèrent ces excuses artificieuses comme la marque d'un bon cœur, en louèrent le comte, et attendirent avec lui le résultat des perquisitions qu'ils avaient envoyé faire, et l'arrivée des prisonniers. Le scélérat voluptueux était bien certain du succès des premières. Un de ses valets, pour servir ses vues , était entré domestique chez Jacob, plusieurs jours avant cette aventure. Non-seulement il l'avait instruit du voyage des deux frères , mais le soir il avait trouvé les moyens d'éloigner , sous différens prétextes , tous les domestiques de la maison , afin que le comte, qu'il avait caché dans le jardin , pût venir plus aisément à bout de son dessein. Joanna , étonnée de se voir tout-à-coup seule, soupçonna quelque projet funeste à son honneur; elle sortit par une porte de derrière , pour aller au-devant de son époux. Les ravisseurs s'aperçurent de son absence , coururent après elle , la rencontrèrent dans le taillis, et nous sommes instruits du reste. Le moteur de cette trahison resta au service de Jacob, reçut de son maître de nou-

velles instructions après la mort du
valet de chambre , et trouva le secret de glisser, dans une petite armoire dont Jacob avait toujours la
clef, tous les effets du comte qui s'y
trouvèrent. Deux jours s'étaient
écoulés auparavant qu'il eût pu exécuter son projet. Quand il le fut , il
en donna sur l'heure avis au comte,
qui vint aussitôt accuser les deux innocens.

Vous, cher lecteur, dont le cœur
bon et vertueux doute de la possibilité d'une pareille scélératesse , rap-
pelez-vous ce que je vous ai dit souvent : Les plus grands crimes ne
coûtent rien à un voluptueux, non-
seulement pour satisfaire ses desirs
déréglés , mais même pour voir
s'augmenter l'espoir de les satisfaire
un jour. Nul scélérat , quelles que
soient ses vues, n'agit avec autant
de promptitude et de cruauté qu'un

libertin. Il ne s'effraie point de conduire à l'échafaud celui qui s'oppose
à ce qu'il satisfasse son penchant ef-
fréné ; quand mille gardiens veille-
raient sur l'objet de sa passion, il
saurait trouver mille assassins pour
les détruire, et s'emparerait enfin de
sa victime restée sans défense. Un
autre intérêt animait encore le comte.
Le corps de son valet de chambre
reconnu, fesait naître des soupçons
sur lui; son honneur était compro-
mis, il voulait le sauver. Que lui im-
portait si, pour remplir ce dessein,
il comblait le malheur de deux infortunés ? Quoiqu'innocens, ils perdaient à la vérité la vie par un supplice infamant, mais son honneur
était sauvé. Ces hommes se trouvaient sur son chemin; ils s'oppo-
saient à l'accomplissement de ses desirs : eh bien, il fesait d'une pierre
deux coups; en sauvant son hon-

neur, il acquérait la possibilité de
s'emparer enfin de la jeune veuve
restée sans protecteurs. Tu frémis à
cette morale infernale; je frémis
aussi, mais il n'en est pas moins certain et prouvé, que des scélérats, dans
pareille occasion, se sont conduits
de la même manière, et ont encore
eu l'impudeur de s'applaudir de cette
atrocité. C'est un bonheur pour toi,
si tu sens vivement toute l'horreur
que doit inspirer un pareil crime;
c'en est un pour moi, si ma voix, en
t'instruisant, peut t'être utile!

Quand les deux infortunés frères,
chargés de chaînes, parurent devant le tribunal, et, qu'au grand
étonnement des juges, les commis-
saires apportèrent les preuves de
leur prétendu crime, le comte et ses
valets étaient encore présens; ils af-
firmèrent que les prisonniers étaient
les mêmes hommes qui les avaient
attaqués,

attaqués, avaient assassiné le valet de chambre, et avaient dépouillé le premier. Jacob était muet d'étonnement. Quand ses accusateurs cessèrent de parler, il recouvra enfin l'usage de la voix. Je suis innocent, dit-il d'un ton ferme ; j'espère, avec l'assistance de mon Dieu, confondre la perfidie des démons qui se présentent à moi sous une figure humaine. Ils ont bien autant de ruse que l'esprit pervers, mais ils n'en ont pas le pouvoir ; ils ne peuvent changer de forme. On ne fit nulle attention à son discours ; on le crut une preuve de son crime, et on l'envoya dans un cachot, avec la terrible menace de délier bientôt sa langue par les tortures les plus affreuses.

Le comte, fort content de cette menace, se retira chez lui, et s'occupa d'un autre plan, pour faire

tomber dans ses filets l'infortunée
qu'à dessein il avait peinte innocente, et qu'il avait privée de ses
protecteurs ; mais quelques jours
après, il reçut des juges un message
qui l'effraya fortement. Les accusés,
lui mandait-on, persistent à assurer
avec sermens, que vous avez imaginé
la fable des brigands pour sauver
votre honneur , et que vous avez
tenté de séduire la femme de Jacob.
Les juges ayant répondu que ces as-
sertions sans preuves n'arrêteraient
pas le cours de leur procès, les accusés ont allégué que depuis long-
temps vos vues déshonnêtes sur
Joanna , étaient connues ; que vous
aviez tout tenté pour les faire réussir , jusqu'à vous déguiser et servir
plusieurs mois Jacob comme garçon
jardinier. Votre présence est ici nécessaire, parce que non-seulement
les accusés prétendent vous avoir re-

connu, mais ils ajoutent encore que plusieurs personnes de leur secte vous ayant vu quand vous serviez dans leur maison, elles vous reconnaîtraient aussi parfaitement. On vous attend pour confondre les accusés et les témoins, en vous confrontant avec eux.

Le comte promit de se rendre à la ville. Il assembla ses confidens, et ils tinrent conseil. L'un voulait qu'il parût et niât tout ; un autre prétendait qu'il ne devait pas se montrer, mais menacer de porter ses plaintes à la cour, si on retardait ce procès en écoutant les calomnies intentées par les prisonniers, pour retarder leur supplice. On n'avait point encore pris de résolution, quand on reçut la nouvelle que le valet qui s'était introduit chez Jacob, attendri par la douleur de sa femme, avait senti naître le remords, et menaçait de tout déclarer , si on ne sauvait les deux infortunés frères. La mort du traître fut aussitôt résolue. Comme cependant il fallait trouver une occasion favorable pour s'en défaire sans danger , et qu'on n'était pas certain s'il n'avait encore rien découvert, on imagina un moyen très-adroit de se tirer d'affaire ; il réussit heureusement. Un envoyé secret du comte se rendit dans la petite ville où Jacob et son frère étaient prisonniers ; il alla trouver le geolier , lui confia que le comte , son généreux maître , serait au désespoir de faire couler le sang de deux hommes, quoiqu'ils fussent coupables, et qu'il tenterait tout pour les sauver des mains de la justice, s'il voulait lui prêter ses secours. Tu peux gagner beaucoup en servant ce projet , et tu ne risques que de perdre ton misérable emploi, qui te donne à peine du

pain. Il n'y eut rien d'étonnant à ce
que le pauvre geolier se laissât séduire par l'appât du gain, quand
l'envoyé, pour donner plus de force
à ses discours, lui mit dans la main
une bourse pleine d'or, et qu'il lui
promit beaucoup plus au nom du
comte ; il consentit à servir les vues
bienfesantes de son nouveau protecteur. L'envoyé desira parler aux prisonniers. Le geolier le conduisit dans
le cachot qu'ils habitaient. Pauvres
infortunés ! dit le perfide d'un ton
ému et d'un air hypocrite, je suis
venu dans l'intention de terminer vos
maux, et je me sens affermi dans cette
résolution par le terrible aspect de
l'état où vous êtes réduits. J'ai percé
le voile dont la méchanceté s'est en-
veloppée ; je suis convaincu de votre
innocence, mais je le suis aussi que
vous succomberez à la malice de vos
ennemis. Vous ne pouvez éviter l'é-

chafaud; votre mémoire sera à jamais flétrie. Ne m'alléguez pas que
les dépositions de vos témoins vous
sauveront; ils sont tous suspectés de
trahir la vérité pour sauver du supplice deux membres de leur secte.
Demain ils seront appliqués, ainsi
que vous, à la torture, et forcés,
par les plus affreux tourmens, à
avouer tout ce qu'on voudra leur
dicter. Un seul moyen reste pour
vous sauver, je viens vous demander
si vous voulez l'adopter.

— Ange du ciel! lui dit Jacob,
daigne nous l'indiquer, nous l'em-
ploierons sans hésiter.

— Il faut vous soustraire à la mort
et à vos persécuteurs; que la difficulté de l'entreprise ne vous effraie
pas; j'en ai préparé l'exécution, je
n'ai rien épargné pour arracher l'innocence persécutée aux griffes des
tigres altérés de sang, qui voulaient

s'abreuver du sien. Le geolier dont j'ai acheté les services, que je saurai garantir des suites de cette aventure, vous ouvrira les portes à minuit, et vous conduira dans un endroit où mes chevaux vous attendront. Vous fuirez vers la Hollande avec toute la promptitude possible ; rous vous embarquerez pour l'Amérique. Là, vous trouverez des frères qui vous recevront, et au milieu d'eux vous passerez enfin des jours tranquilles. Quand mes gens vous quitteront, ils vous donneront les passe-ports nécessaires pour votre voyage, et tout l'argent dont vous pourrez avoir besoin. Tout est préparé, j'attends votre résolution pour vous sauver cette nuit même.

Qu'on se figure un instant à la place de ces deux infortunés, certains d'être condamnés, quoiqu'innocens, d'être affreusement tour-

mentés avant de marcher au supplice , et certainement on ne sera
point étonné de les voir tomber aux
pieds du généreux libérateur , que la
pitié engageait à venir les arracher
à tant de maux. Content d'eux et de
l'heureux succès de son plan, le perfide envoyé les quitta, pour conve-
nir de ses faits avec le geolier. Cet
homme, ébloui par l'éclat de l'or ,
promit de briser les fers des prisonniers à l'heure indiquée , de les remettre entre les mains de ceux qui
viendraient les chercher , de faire
ensuite un trou au mur du côté le
plus faible , et de répandre le bruit,
le lendemain matin, qu'ils s'étaient
enfuis par-là. On ne pouvait l'accuser que de négligence, et lui ôter son
emploi; perte dont il était déja dé-
dommagé , et que lui feraient encore mieux oublier les promesses du
comte en se réalisant.

L'exécution de ce plan coûta une assez forte somme au comte : il ne la regretta pas, parce que ce moyen , en sauvant son honneur , confirmait ses accusations contre les fugitifs , prouvait en quelque sorte leur crime, et en occasionnant la confiscation des biens de Jacob, livrait à sa merci l'épouse infortunée, privée d'appui et dépourvue de tout moyen d'existence.

L'horloge annonçait minuit, quand le geolier vint briser les chaînes des deux frères ; ils furent conduits hors de la ville par trois hommes inconnus ; une voiture attelée de quatre chevaux les attendait, ils y montèrent ; les chevaux partirent au grand galop. Avant de les quitter , un de leurs conducteurs leur remit quelques papiers avec une bourse bien remplie. Voilà, leur dit-il à demi-voix, de quoi fournir aux dépenses de votre voyage ; ces papiers sont les

passe-ports dont vous avez besoin.
En remerciant Dieu de votre délivrance, n'oubliez pas de l'invoquer
pour votre libérateur. Le carrosse,
en s'éloignant rapidement, ne leur
laissa pas le temps de témoigner leur
reconnaissance; ils ne purent qu'a-
dresser au ciel des prières pour leur
bienfaiteur. Le cocher ne laissa pas
prendre un instant de repos à ses
chevaux ; il évita soigneusement
tous les endroits habités, et s'arrêta,
à la pointe du jour, au milieu d'une
forêt déserte. Maintenant, leur dit-
il, vous êtes à deux lieues au-delà
des frontières de votre patrie; des-
cendez, je ne puis vous conduire plus
loin ; prenez ce chemin à gauche,
vous rencontrerez bientôt un village;
annoncez-vous chez le seul auber-
giste du lieu comme marchands voyageurs, il vous fournira des chevaux
pour suivre votre route. Ne quittez

pas ce sentier, autrement, vous ris-
queriez de vous égarer dans cette
immense forêt. Il remonta sur son
siége, et partit. Les deux fugitifs
pouvaient maintenant respirer en liberté : pendant toute la route, la
crainte d'être arrêtés, en serrant
leurs cœurs, avait enchaîné leurs
langues ; leur délivrance leur paraissait un songe dont ils craignaient
de sortir en s'éveillant. Maintenant,
abandonnés à eux-mêmes, ils furent
convaincus de leur bonheur. Le soleil commençait à s'élever. Avant de
prendre le chemin indiqué, Jacob
tira de sa poche leurs passe-ports,
pour voir sous quels noms et en quelle
qualité ils y étaient désignés. Quel
fut son étonnement en ne trouvant
que des feuilles de papier blanc : il
les montra à son frère, qui fut aussi
surpris que lui. Il tira la bourse
qu'on lui avait donnée, l'ouvrit ;

elle était remplie de jetons. Nous sommes trompés ! s'écria-t-il ; nous sommes indignement trahis ! on ne nous a excités à la fuite que pour nous rendre plus coupables ! O ma femme, mon épouse infortunée !

Il est étonnant, mais il n'est pas cependant invraisemblable, quand on se rappelle sa position, que Jacob n'eût pas pensé à son épouse depuis l'instant où il se mit en route pour fuir, jusqu'à ce moment, ni réfléchi à ce qu'elle deviendrait après sa fuite. Pendant tout ce temps, son ame avait été entièrement occupée des dangers qui le menaçaient ; son esprit effrayé n'apercevait que tortures et échafauds ; nulle autre image n'y trouvait place : maintenant qu'elles étaient effacées, celle de son épouse s'y peignit fortement ; il lui semblait la voir se livrer au désespoir, l'accuser de l'avoir aban-

donnée aux fureurs du libertin qui
la poursuivait. Il prit vivement la
route opposée à celle qu'on lui avait
prescrite, pour voler aux secours de
sa malheureuse Joanna. Son frère,
dont vraisemblablement la tête commençait à se déranger, le suivait en
silence, et ne lui fit pas observer
qu'ils se rapprochaient à grands pas
d'un pays où la mort les attendait.

Tous les habitans dormaient encore quand ils en atteignirent les
frontières, et s'approchèrent d'une
petite ville où Jacob était générale-
ment connu. Il passait rapidement
devant un jardin isolé qui avoisinait
la route, quand un homme s'élança
au-devant de ses pas, l'arrêta, et
lui demanda, en lui prenant la main
avec autant d'inquiétude que d'af-
fection : Au nom du ciel, d'où viens-
tu ? où vas-tu ? Ces interrogations
les rappelèrent à eux : ils ne surent

cependant que répondre ; sans faire
la moindre résistance , ils se laissèrent conduire dans le jardin de cet
homme bienfesant. Il renouvela ses
questions ; il connaissait l'histoire
de Jacob jusqu'à l'instant de sa fuite;
ce dernier lui apprit le reste. Maintenant, quel est ton dessein ? lui demanda son ami.

— Je retourne près de ma femme,
près de mes enfans ; je veux les em-
mener avec moi , les protéger contre
ce brigand voluptueux, mourir avec
eux , si je ne puis les sauver. Son prudent ami s'opposa de toutes ses forces
à cette résolution ; il lui prouva que
cette démarche le ferait retomber
entre les mains de ses ennemis ; qu'il
pourrait d'autant plus difficilement
échapper à la mort, que sa fuite le
fesait paraître plus coupable. Tu es
incapable , ajouta-t-il, de rien entreprendre dans la situation d'esprit

où tu te trouves; laisse-moi agir.
Pour renverser les projets des méchans, pour sauver une innocente
famille, je hasarderai tout. Je vais
rejoindre ton épouse, je dirigerai sa
fuite, je sauverai de tes biens le plus
qu'il me sera possible, et j'espère te
conduire heureusement au-delà des
frontières. Je connais les sentimens
des Memnonites de ces cantons; j'ai
parlé à plusieurs d'entr'eux depuis
ta malheureuse réclusion; ils sont
persuadés de ton innocence, ils me
seconderont de tout leur pourvoir.
Tu es en sûreté dans cet asile soli-
taire, personne ne viendra t'y chercher, et je te suis garant de la fidélité de mon épouse, qui pendant
mon absence pourvoira à tous vos
besoins.

Jacob, tranquillisé par ces promesses, attendit dans l'appartement
le plus reculé de cette maison, le re-

tour de son ami, dont l'épouse eut
le plus grand soin de lui. Pendant
trois jours et trois nuits, les deux
malheureux frères, enfermés ensemble, ne prononcèrent pas un seul
mot, tant ils étaient accablés de
douleur et d'inquiétude. Jacob était
un peu soutenu par l'espoir de revoir son épouse et ses enfans. Le
chagrin fit une plus forte impression
sur le cœur de son frère, privé de
cette consolation. Vers le milieu de
la quatrième nuit, Jacob fut éveillé
par un bruit inaccoutumé : il leva la
tête; Joanna entrait dans sa chambre,
tenant entre ses bras le plus jeune
de ses fils, et conduisant les autres
par la main : elle tomba dans ses
bras sans connaissance. L'inappré-
ciable ami et deux Memnonites
étaient ses guides. Ils restèrent d'a-
bord immobiles témoins des trans-
ports de ces tendres époux réunis. Ils

les interrompirent enfin , pour les
conduire, cette nuit même, au-delà
des frontières. Ils avaient apporté
d'autres habits pour Jacob et son
frère. Malgré sa résistance, ce dernier fut enfin obligé de céder aux
prières de tous , et de les vêtir.

Avant le lever du soleil, ils avaient
fui une terre ingrate , et vers midi ,
ils se trouvèrent dans un village sur
les bords du Rhin , où un bateau ,
préparé à cet effet , les attendait
pour partir. Ils y trouvèrent un valet et une servante, qui, ayant appris
la fuite de Joanna , avaient absolument voulu quitter leur patrie pour
les suivre , fût- ce au bout du monde.
Jacob fut plus sensible à cette preuve
d'attachement qu'à la nouvelle
qu'une grande partie de sa fortune
avait été convertie en lettres - de -
change sur la Hollande, et remise
entre les mains de son épouse. Il ne

fut sensible à la grandeur de ce bienfait, et au zèle de ses amis, que
parce qu'il pouvait désormais préserver du besoin son épouse et ses
enfans, et récompenser la fidélité
de ses deux domestiques.

Tous les Memnonites, convaincus
de l'innocence de Jacob, apprirent,
avec joie, le projet de son ami; il se
réunirent tous pour l'aider; ce qui
rendit facile la fuite de Joanna avec
ses enfans. Déja, dès les premiers
instans de son arrestation, ces hommes bons avaient trouvé les moyens
de soustraire aux regards de la justice
une partie de ses lettres-de-change
et presque toutes ses marchandises,
déposées dans différens magasins; il
ne leur fut pas difficile de convertir
le tout en bons effets sur Amsterdam.
Pour tromper les recherches du
comte, même celles de la justice, la
nuit même du départ de Joanna, ils

firent partir de devant sa porte deux
voitures qui prirent la route de la
Suisse ; ils conduisirent ensuite la
jeune épouse dans la forêt voisine,
où une troisième voiture l'attendait
pour la conduire sur les bords du
Rhin. Ils espéraient, avec raison,
que pendant qu'on poursuivrait les
deux autres voitures, on leur laisse-
rait le temps d'accomplir leur dessein. Cette ruse réussit effectivement
d'abord , mais le perfide comte découvrit bientôt les traces de ses victimes; il les poursuivit, et aurait
sans doute encore accumulé de nouveaux malheurs sur leurs têtes, si le
Tout-Puissant n'eût exaucé les prières ardentes que ces infortunés lui
adressèrent, quand ils eurent heureusement atteint le bateau. Jacob
était décidé à se rendre, avec sa famille, de Hollande en Amérique ;
et là, au milieu des frères de sa secte,

de chercher un bonheur et un repos qui avaient été si cruellement troublés en Europe. Pour faciliter l'exécution de ce dessein, ses amis lui promirent de lui faire tenir à Amsterdam des lettres de recommandation. Il s'engagea, à son tour, à leur faire savoir, sous une adresse convenue, des nouvelles de son sort à venir. L'homme propose, et Dieu dispose! De nouvelles, de plus fortes épreuves attendaient encore l'infortuné Jacob, devaient renverser tous ses plans, et le conduire à Damas, pour y recevoir enfin un dédommagement à tous ses maux.

Dès le premier jour de son voyage sur le Rhin, il fut convaincu que son pauvre frère était devenu insensé; il ne connaissait plus ni lui, ni son épouse; il était incapable de sentir le bonheur de leur réunion. Dès le second jour, il sauta dans le

Rhin, comme je l'ai déja raconté.
Son frère fut bientôt contraint de
renoncer à le chercher plus long-
temps, parce qu'il aperçut le cruel
comte à la fenêtre d'une auberge
dans laquelle il était entré pour
prendre des informations. Sans réfléchir aux suites que pouvait avoir
son imprudence, après être heureusement échappé de ce danger, il apprit cette rencontre à son épouse. Un
tremblement universel saisit Joanna;
elle se crut déja, ainsi que Jacob,
entre les mains de son persécuteur;
elle tomba dans un évanouissement
d'où il fut plusieurs heures à la faire
revenir. Il fut suivi d'une fièvre brûlante qui attaqua à la fois son corps
et son esprit : elle ne connaissait plus
ni son époux, ni ses enfans; elle prit
dans la suite Jacob pour le voluptueux comte, et poussa des cris affreux quand il s'approcha de son lit.

Il fut impossible de se procurer les secours d'un médecin, parce que la malheureuse famille ne pouvait s'arrêter un instant sans s'exposer à retomber entre les mains de ses ennemis.

Quand ils arrivèrent en Hollande, la maladie de Joanna et celle de sa fille, qui l'avait gagnée d'elle, étaient incurables. Ce fut ce qu'annonça brusquement au pauvre Jacob l'homme dur qu'on avait envoyé chercher pour leur administrer des secours. Avant qu'il eût eu le temps de s'accoutumer à supporter l'idée de ce nouveau malheur, son épouse bien-aimée expira dans ses bras, et sa fille la suivit quelques heures après. La seule consolation qu'il éprouva avant cette terrible séparation, fut de voir Joanna recouvrer sa raison. Elle bénit ses enfans, prit congé de l'idole de son cœur, et

mourut, fortement persuadée que
dans un autre monde seulement, elle
pourrait trouver le calme et le bonheur. Ce qu'éprouva Jacob est au-
dessus de toute expression. Immobile, le front décoloré, ses yeux
égarés étaient fixés sur les corps inanimés de sa femme et de sa fille ; il
paraissait ne point penser, ne rien
sentir ; sa douleur concentrée agis-
sait seulement sur son cœur, et privait de mouvement toutes les autres
parties de son corps. Il eut une peine
infinie à s'agiter pour suivre le cer-
cueil de son épouse et de son enfant ;
il les suivit avec la plus morne stupeur, quand on les conduisit à leur
dernier asile ; il ne retrouva l'usage
de la voix que lorsque des monceaux
de terre les dérobèrent à ses yeux.
Adieu donc pour jamais, s'écria-t-il
d'un ton qui déchira le cœur de tous
les assistans, adieu, épouse et fille

tant chéries, emportez la persuasion que mon repos et mon bonheur sont pour toujours ensevelis avec vous ! Quand la tombe fut fermée, lorsque les assistans furent tous éloignés, l'infortuné tomba sur ses genoux, appuya sa main gauche sur la terre qui couvrait des cendres si chères, puis élevant la droite vers le ciel, il dit : Éternel créateur, j'en fais le serment devant toi, je fuirai ces hommes barbares qui t'honorent par des mots et t'outragent par leurs actions ! j'aime mieux vivre avec des Turcs et des infidèles, avec des animaux féroces dans les déserts les plus affreux, qu'au milieu de perfides, de monstres qui se nomment chrétiens, et dont les crimes feraient rougir de honte les démons eux-mêmes. Que mon pied se sèche, s'il retouche jamais le sol de la Germanie ; que ma langue soit engourdie pour

pour toujours, si elle prononce à l'a-
venir un seul mot allemand, langage de la méchanceté et de la perfidie. La bonne servante, qui se
trouvait alors à ses côtés, prit entre
ses bras le plus jeune de ses fils, et le
posa sur la tombe. Cet infortuné,
dit-elle en pleurant, n'entendra-t-il
donc plus la voix de son père? Veux-
tu le repousser aussi, le punir des
crimes dont il ne peut être coupable?
Cet action inattendue fit impression
sur le cœur du malheureux au désespoir. Je ne parlerai cette langue
détestée, poursuivit-il, qu'avec mes
enfans, jusqu'à ce qu'ils en sachent
une autre, et avec cette fidelle gar-
dienne de mon épouse, jusqu'à la fin
de sa carrière; aucun autre mortel
n'en entendra sortir un seul mot de
ma bouche. Partons! éloignons-nous!
l'exécution de mon vœu doit bientôt
commencer ; il me forcera de re-

3   H

prendre une activité dont j'ai besoin.
Cette poignée de terre est le seul
souvenir que je veux emporter de
l'Europe. Quand je serai au fond
d'un désert, j'y cultiverai une fleur,
et je me dirai sans cesse : elle avait
cet éclat, avant que le souffle de la
scélératesse l'eût flétrie.

Il prit effectivement quelques
poignées de terre sur le tombeau de
son épouse, et s'éloigna, sans ordonner à ses fils de le suivre. La
bonne gouvernante les conduisit sur
ses pas ; le domestique resta seul près
de la tombe ; le vœu de son maître
avait exalté son imagination ; il fit
celui de ne jamais prononcer un seul
mot ; il regardait alors le langage
des hommes comme l'instrument
dont ils se servaient avec le plus d'a-
vantage pour faire le mal , et il renonçait pour toujours à leur société.
A son retour, il instruisit, par écrit,

son maître, du vœu qu'il venait de faire. Celui-ci l'y confirma non-seulement par des éloges, mais encore par l'assurance qu'il en aurait fait un pareil, s'il ne s'était opposé à l'exécution de son plan. Il y travailla sans relâche. Avant la fin du troisième jour, il s'était rendu à Amsterdam, et avait escompté ses lettres-de-change. Le quatrième, il s'embarqua sur un vaisseau qui fesait voile pour les mers du Levant. Il atteignit sans obstacle le port d'Alexandrette, où il attendit le départ d'une caravane, pour prendre avec elle le chemin de Damas. Il voulait de là s'enfoncer dans les déserts, et fidèle à son vœu, se fixer au milieu d'une horde d'Arabes. N'en connaissant pas la langue, il se logea chez un marchand, et travailla à l'apprendre. Pendant les six mois qui s'écoulèrent dans cette étude,

ses enfans parvinrent à lui persuader
de se fixer à Damas, où il ne rom-
pait pas son vœu, puisqu'il habitait
au milieu des Turcs et des infidèles.
Après avoir pris cette résolution, il
mit ses fonds dans le commerce.
D'abord sa haine contre tous les
chrétiens fut extrême. Il ne parlait
qu'Arabe, ne se servait d'aucune
langue européenne, ne voulait traiter avec aucun catholique. Peu à peu
cette haine, quelqu'étonnant que
puisse paraître le paradoxe, se chan-
gea en la philanthropie la plus ac-
tive. Il devint le plus zélé protecteur de ceux qu'il avait tant détestés;
il les comblait de bienfaits, pour
leur apprendre comment un vrai
chrétien doit agir; il leur achetait
leurs marchandises au plus juste
prix, pour les persuader qu'un vrai
chrétien est incapable de tromper;
enfin il devint le bienfaiteur de tous

les hommes, parce que son cœur,
mort jusqu'alors à tous les plaisirs,
en éprouvait à se venger d'une manière si noble. Quand nos jeunes
voyageurs arrivèrent chez lui, Jacob
était regardé, dans toute la Syrie,
comme le plus riche marchand et le
plus généreux des hommes. Les chrétiens l'honoraient, parce qu'il les
protégeait ; les naturels du pays
l'aimaient, parce qu'il ne parlait
que leur langue, et qu'il n'avait jamais cherché à abuser de leur bonne-
foi. Le portrait que j'ai déja fait de
lui, et le récit de ses aventures,
m'épargnent le soin de m'étendre davantage sur son caractère. Il avait
entièrement rompu son vœu, comme
cela arrive souvent quand on en fait
d'indiscrets. Cependant il tenait toujours à l'apparence de l'observer. Il
ne parlait allemand qu'avec la vieille,
et arabe avec tous les autres ; il

étouffait de tout son pouvoir le desir de revoir l'Europe, et il répandait ses bienfaits innombrables avec
une sorte de dureté qui semblait indiquer de la haine, mais n'en met-
tait ses belles actions que dans un
jour plus brillant. Ses fils étaient
devenus hommes depuis long-temps;
ils souhaitaient se choisir des épouses; il s'y opposait, parce qu'il ne
trouvait à Damas aucune fille digne
d'eux, et qu'il ne voulait pas les
marier avec des Arabes; il leur avait
permis de faire, après sa mort, un
voyage en Europe, pour y choisir
des épouses qu'ils ramèneraient en
Syrie. La suite de cette histoire nous
apprendra peut-être si plus tard ils
se conformèrent à ses ordres.

. Le comte quitta le vieillard, et
revola vers Caroline, pour lui apprendre l'agréable nouvelle qu'à l'a-
venir nul obstacle ne s'opposerait

plus à leur retour en Europe. Semblables à tous les amans, ils fesaient des plans charmans pour leur bonheur à venir. La vieille servante vint leur dire de repasser dans l'appartement de son maître, qui depuis long-temps, ajouta-t-elle, n'avait paru de si belle humeur. Ils la suivirent, et aperçurent....

~~~~~~~~~~~~~~~~~~~~~~~~~~~~~~~~~~

Qui ils trouvèrent près du vieillard.

L E noble et généreux Arabe était debout devant Jacob, qui tenait une de ses mains entre les siennes, et le considérait avec respect. Vous venez à propos, dit le vieillard en les apercevant, car je ne trouve point de mots pour exprimer à cet homme rare toute la vénération qu'il m'inspire.

C'est notre bienfaiteur, notre libérateur ! s'écrièrent les jeunes amis.

— O le plus noble des hommes, connais-tu ces jeunes gens ?

— Je les connais, et me réjouis de voir qu'ils ont trouvé en toi un ami. Si tu ne m'as fait revenir du désert que pour me convaincre de leur bonheur, je t'en ai encore la plus grande obligation, car je le souhaitais du plus profond de mon cœur.

— Combien tu es grand et généreux !.... Des mots n'avancent à rien, lorsqu'on doit agir. As-tu quelquefois rêvé que tu étais heureux?

— Qu'entends-tu par ces mots?

— Dans tes heures de loisir, ton esprit ne s'est-il pas promené sur des objets dont tu imaginais que la possession ferait ton bonheur?

— Jamais cela ne m'est arrivé ; de pareilles idées auraient augmenté

mon malheur, en me fesant plus vivement sentir ma pauvreté.

— Tu as parfaitement raison ;
mais si je t'engageais à t'abandonner
à un semblable rêve , en te promettant de le réaliser ?

— Alors.... pourrais-tu.... vou-
drais-tu me tenir parole ?

— Reçois-en ma main pour gage.

— Je la prends, et t'accorde toute
confiance. J'ai dix chameaux; pour
être heureux et faire aussi le bonheur de mes enfans , je voudrais en
avoir.... Je ne pourrais fixer le prix
qu'ils coûteraient; il est trop haut....
Je voudrais en avoir encore cinq fois
autant. Je possède dix chèvres: pour
m'estimer parfaitement heureux, je
desirerais en avoir encore dix fois
autant.

— Homme sobre !

— Ne me prodigues point encore
tes louanges ; mon rêve n'est point

achevé. Les habits de mes fils et de mes femmes sont vieux, pour les voir assis contens à mes côtés et jouir d'un égal plaisir, je voudrais pouvoir leur acheter des habits neufs, et à chacun un habit de fête.

— Alors tu serais heureux ?

— Je le serais. Si je pouvais, outre cela, ramasser quatre fois dix pièces d'or, pour parer aux accidens et acheter du maïs quand ma récolte serait mauvaise ; je serais alors hors de soin, je pourrais sans inquiétude me livrer au sommeil dans ma cabane, et demander à chacun s'il connaît un homme plus heureux que moi ?

— As-tu fini ?

— Fini ? Laisse-moi réfléchir. Pour être parfaitement heureux, j'aurais besoin de tout cela ; je le sens en rêve, et encore plus en réalité.... Mon bonheur éveillerait l'envie ; je m'en inquiète peu : il serait connu dans tout le désert ; des brigands chercheraient à me l'enlever. Comment protégerais-je mes troupeaux ? comment défendrais-je mon bien ?.... Dix armes à feu avec tout ce qu'il faut pour s'en servir, suffiraient pour me défendre contre cent brigands , m'attireraient le respect de mes frères , et me rendraient redoutable parmi toutes nos hordes.... J'en aurais donc besoin pour combler mon bonheur.

— Si je te les donnais, il faudrait me faire le serment....

— De ne point abuser de mon pouvoir, de ne m'en servir que pour défendre mes troupeaux , et non pour asservir mes frères ? Je le jure entre tes mains , au nom du Dieu qui nous protège tous deux.

Le vieillard s'adressa au comte.

Tu te souviens de mes promesses ? Ordonne, j'obéirai.

— O respectable ami ! comble ses vœux, je te jure une éternelle reconnaissance.

Jacob se tourna de nouveau vers l'Arabe. Reste en cette ville jusqu'à demain ; sois jusque-là mon hôte respecté, et tes desirs seront satisfaits.

— Mes desirs ? Quoi, tous ? tous ? Chrétien, tu promets trop, tu veux me tromper, pour me rendre plus infortuné. Tous ? impossible ! tous ? l'accomplissement d'un seul serait encore beaucoup plus que je ne pourrais exiger.

— Demain, à ton lever, cinq fois dix chameaux, et dix fois dix chèvres, seront amenés devant toi ; des chameaux porteront des habits de fêtes, et autres pour toi, tes femmes et tes enfans ; d'autres seront chargés d'armes à feu , avec tout ce qu'il faut pour s'en servir. En prenant congé de toi , ces jeunes infortunés , que tu as rendus à la liberté , remettront dans tes mains les pièces d'or pour parer au besoin ; tu leur fis pareil don ; ta semence doit porter des fruits. Pour te protéger contre toute attaque pendant ton voyage , des gardes t'accompagneront jusqu'à ta cabane, et ils ne te quitteront que quand ils pourront m'assurer t'avoir vu heureux entre les bras des tiens.

— Pardonne !.... pardonne !.... Je ne puis m'empêcher de te demander encore si tu ne me trompes point ?

— Ne t'ai-je pas tendu ma main pour gage? ne te la donné-je point encore de nouveau ?

— Le Tout-Puissant nous voit et nous entend !

— Il nous jugera.

— Et te récompensera ! Oui , il
doit récompenser cette action !

— Un débiteur n'a point de droits
à une récompense, quand il acquitte
sa dette.

— Chrétiens !.... qui jamais l'eût
pu penser.... Chrétiens, pardonnez
les mauvais traitemens que vous avez
éprouvés dans ma cabane !.... Mon
cœur !.... il m'est impossible de vous
peindre ce qu'il éprouve.... jamais
il ne vous oubliera. Si le Dieu des
Arabes est aussi le vôtre , il entendra
ma prière, et vous rendra encore
plus heureux que moi.

Le noble Arabe fut contraint de
prendre place à la table de Jacob ; il
amusa toute la société, non-seulement par son maintien emprunté ,
mais encore par les expressions mul-
tipliées de sa joie. Souvent il récapi-
tulait tous ses desirs les uns après les
autres, et regardait chaque fois le

vieillard, comme pour lui demander s'il les comblerait. Il élevait à chaque instant de nouveaux doutes, et demandait de nouvelles promesses. Quelquefois le nombre de ses chèvres et de ses chameaux lui paraissait trop grand ; il demandait des grains de maïs, et les rangeait sur la table, pour mieux s'en figurer le compte. Toute la nuit suivante, on l'entendit se promener dans sa chambre. Il s'endormit seulement vers le matin. Quand on vint l'éveiller pour venir recevoir le présent qu'on lui fesait, on fut très-long-temps avant de pouvoir lui persuader que son bonheur n'était point un rêve, mais une réalité.

Le vieillard, qui depuis plusieurs années n'avait pas quitté sa maison, se fit porter hors la ville, sur la place où tous les animaux étaient rassemblés. Ses fils et les deux jeunes amis l'accompagnaient ; l'Arabe suivait, flottant entre la crainte et l'espérance. Quand il vit effectivement les chameaux et les chèvres, quand il les eut comptés plusieurs fois, sa joie fut sans bornes, et il ne put l'exprimer. Il courut long-temps autour de ces animaux, les observa les uns après les autres avec beaucoup d'attention, s'approcha de ses bienfaiteurs, voulut parler, n'en put venir à bout, et recommença de nouveau à compter son troupeau. Enfin l'instant du départ approcha ; les guides envoyés par le vieillard, commencèrent à faire défiler les animaux ; l'Arabe les suivait rapidement, puis revenait aussi vîte. Quand le comte et Frédéric remirent entre ses mains les pièces d'or que le vieillard leur avait données pour lui, et dont le nombre surpassait ce qu'il avait demandé, il parut recouvrer sa raison ;

son cœur se brisa , des larmes abon-
dantes tombèrent sur les mains de
ses bienfaiteurs; il put enfin parler.
Je ne suis point encore entièrement
heureux , dit-il au vieillard d'un ton
solemnel; je ne le serai parfaitement,
que quand j'aurai pu arracher à l'esclavage cinq fois dix, dix fois dix de
tes frères , et les conduire libres dans
ta maison; alors je m'estimerai aussi
riche en bonheur que le comman-
deur des croyans. Dieu est juste ; il
récompense les bonnes actions ; j'en
suis une preuve ; il te récompensera
aussi , il te bénira , il te comblera de
ses dons, car nul mortel ne les mérite mieux que toi.

En finissant ces mots, il se hâta de
joindre sa caravane, monta un de ses
chameaux, et ils l'aperçurent encore long-temps dans la plaine, tenant sa main droite élevée vers le
ciel , vraisemblablement pour re-

mercier l'Éternel de son bonheur.
Quand enfin hommes et animaux
disparurent à leurs yeux, ils repri-
rent le chemin de la ville. Nul ne
prononçait un mot ; tous sentaient
vivement, et les jeunes amis furent
convaincus qu'il est aussi des plaisirs qu'on peut goûter sans courir
après des merveilles et des aventures
dangereuses.

Voyage vers l'Europe.

VOTRE plus long séjour en ces
lieux, dit le même jour le vieillard
aux jeunes gens, me serait sans doute
bien agréable, et contribuerait à af-
faiblir mes chagrins, mais il faudrait enfin songer à la séparation,
et plus elle tarderait, plus elle serait douloureuse. Je vais donc tout
préparer pour votre départ. Dieu

veuille que vous ne vous repentiez
jamais d'être retournés dans votre
patrie. Effectivement il employa
tous ses soins pour faire arriver bientôt et avec sûreté, en Europe, ses
nouveaux enfans, c'est ainsi qu'il
nommait Caroline et ses jeunes amis.
Le sixième jour, l'inspecteur du port
d'Alexandrette lui manda qu'un vaisseau marchand n'attendait plus qu'un
vent favorable pour voguer vers la
France. Il fesait les plus grands éloges
du capitaine, vieillard d'une probité
reconnue, qui avait fait déja plusieurs voyages dans ce port, et n'a-
vait jamais fait élever la moindre
plainte contre lui. Jacob fit venir les
jeunes gens pour apprendre leur résolution : elle fut bientôt prise. Le
comte aimait Caroline avec ardeur;
il souhaitait ardemment s'unir avec
elle pour jamais ; il supplia le vieillard de saisir cette occasion de les

renvoyer dans leur patrie. Je ne veux
pas non plus la laisser échapper, lui
répondit-il; la saison pendant laquelle les Européens viennent nous
visiter sans danger, tire vers sa fin :
si je retardais votre départ, vous au-
riez souvent à lutter contre la tempête, et je serais en proie aux plus
vives inquiétudes sur le succès de
votre voyage. Accordez-moi encore
deux jours, puis partez sous la protection du Seigneur; j'aurai soin que
le vaisseau vous attende, et que tout
soit prêt pour vous recevoir.

Le court délai qu'avait demandé
le vieillard fut bientôt écoulé. Il fut
décidé, pendant ce temps, que le
comte manderait au vieillard son
arrivée en Europe, aussitôt qu'il aurait mis pied à terre, et que, de retour
dans sa patrie, il n'épargnerait rien
pour s'assurer si en fesant un voyage
en Europe, les fils de son bienfaiteur

trouveraient des épouses qui voulussent les suivre en Syrie, et avec lesquelles ils pourraient être vraiment heureux. Toutes les qualités que devaient avoir ces épouses, furent soigneusement désignées par le vieillard. Le comte promit, sur son honneur, de n'épargner aucun soin pour satisfaire aux desirs de son cœur généreux. Le soir du second jour, il leur donna des adresses dans différens ports de l'Europe, où ils pourraient lui adresser leurs lettres; il leur donna une somme suffisante pour parer à tous leurs besoins, et y joignit quelques lettres-de-change sur des marchands français, payables à leur arrivée. Demain, demain, je vous reverrai, leur cria-t-il, quand ils voulurent lui témoigner leur reconnaissance; puis il repoussa doucement Caroline, qui s'était jetée dans ses bras, et mouillait son visage de ses larmes. Eh bien, à demain ! s'écrièrent-ils en se retirant pour passer une dernière nuit dans cette maison hospitalière.

Quel fut leur étonnement et leur affliction le lendemain matin, en apprenant, par les fils du respectable vieillard, que leur père ne voulait plus ni les voir, ni leur parler. Je connais vos cœurs, leur fesait-il dire ; je sais combien ils sont reconnaissans, combien de peines ils auraient à trouver des mots pour exprimer ce qu'ils sentent ; vos larmes ébranleraient mon faible cœur ; il ne pourrait soutenir cette scène d'attendrissement. Allez en paix, ma bénédiction vous suivra par-tout ; n'oubliez ni moi, ni les miens, et jouissez avec calme de tout le bonheur que vous espérez trouver en Europe. Vainement les jeunes gens cherchèrent à faire changer cette

résolution ; ils furent contraints de
la respecter et de s'éloigner en silence. Il serait au-dessus de mes
forces de peindre ce qu'ils éprouvaient tous trois. Caroline, en pleurs,
ne pouvait s'arracher des bras de la
vieille; la main de son amant put
seule l'en éloigner. Le vieux muet
ne fut pas non plus oublié ; il san-
glotait , et ne pensant plus à son
vœu , il balbutia un pénible adieu.

Les fils du vieillard accompagnè-
rent nos voyageurs jusqu'à Alexandrette ; ils avaient l'ordre exprès de
leur père , de les recommander fortement au consul français et au capitaine du navire. Pendant ce voyage,
Caroline visita, avec ses amis, le tombeau du noble Eustache : elle avait
connu, par ses papiers, toute la violence de son amour pour elle, car
dans les heures où il était le plus do-
miné par sa passion, il lui avait écrit

différentes lettres dans lesquelles il
lui peignait vivement ses souffrances ; mais ce souvenir n'empêcha ni
elle, ni le comte, de témoigner à
son ombre toute leur reconnaissance,
car il avait voulu faire leur bonheur,
même aux dépens du sien. Quand ils
furent à Alexandrette, les fils du
vieillard s'acquittèrent de leur commission près du consul et du capitaine. Ce dernier les fit assurer, par
son interprète, qu'il aurait d'eux le
plus grand soin. Son vaisseau était
chargé, et n'attendait qu'un vent
favorable pour mettre à la voile.
Cette nouvelle fit éprouver à la fois
de la joie et de la tristesse à nos jeunes
voyageurs. Ils se réjouissaient en
pensant que chaque pas allait les approcher de leur patrie, et des larmes
mouillaient leurs paupières, en son-
geant que bientôt ils allaient se séparer peut-être pour jamais de tout

ce

ce qui appartenait à leur noble
ami.

Les fils du vieillard sentaient aussi
vivement la douleur de cette séparation ; ils avaient pris beaucoup
d'amitié pour les jeunes gens ; ils
souhaitaient vivre plus long-temps
avec eux, et l'aîné d'entr'eux luttait
encore avec son amour pour Caroline, qui avait jeté de profondes racines dans son cœur. Sa lutte était
celle d'un géant contre un nain ;
quoique sans le détruire, il terrassa
son ennemi, et fut le premier à rappeler au comte la commission dont
son père l'avait chargé. Cherchez
avec soin, et faites en sorte de trouver bientôt, poursuivit-il en souriant,
afin que mes frères et moi nous ayons
enfin la conviction qu'il n'est de bonheur que dans les bras d'une aimable
épouse.

Dès le lendemain, un envoyé du

capitaine vint avertir les voyageurs
qu'un vent favorable commençait à
souffler, faiblement à la vérité, mais
que, selon toutes les apparences, il
s'éleverait davantage à l'entrée de la
nuit : il les engageait à se rendre à
bord au coucher du soleil, pour pouvoir profiter, sans obstacle, du premier moment favorable. Les adieux
furent douloureux ; chacun avait
encore quelque chose à dire à l'autre.
Si le conducteur de la chaloupe n'eût
souvent répété son invitation de monter dedans, ils seraient encore restés
long-temps sur le rivage. Des larmes
coulaient sur la plage et dans la frêle
embarcation ; enfin, du vaisseau les
voyageurs firent à leurs amis les derniers signes d'adieu. En l'absence du
capitaine, le contre-maître les in-
troduisit dans une petite chambre
qu'il avait fait préparer pour eux
seuls, et dans laquelle il avait réuni

toutes les commodités possibles, car leur passage avait été généreusement payé.

Le vent devenant à chaque instant plus fort, le contre-maître reçut du capitaine, encore occupé à terre, l'ordre de lui envoyer la chaloupe, et de faire sortir le vaisseau du port. Cet ordre fut exécuté. Quand les ombres commencèrent à s'épaissir, le vaisseau atteignait déja la pleine mer. Alors seulement le capitaine le rejoignit. Comme il était déja tard, et qu'on dit à nos voyageurs que le capitaine, suivant l'usage, avait beaucoup bu en prenant congé de ses amis, ils remirent volontiers au lendemain à faire sa connaissance. Pendant le voyage de Damas à Alexandrette, Caroline avait encore porté des habits d'homme. Le respectable Jacob avait lui-même approuvé ce dégui-

sement , parce que dans ces contrées la vue d'une jolie femme est
une rareté qui excite la curiosité, et
souvent aussi les desirs de ce peuple
grossier. Elle résolut de le garder
pendant la traversée, car les matelots ont assez, de ce côté, de res-
semblance avec les habitans du Levant. Il fut décidé qu'elle passerait
pour le jeune frère du comte.

La nuit était belle, le vent favorable; quand Caroline s'éveilla le
lendemain, le comte, qui déja avait
monté sur le tillac avec Frédéric,
lui dit, en la rejoignant, qu'à peine
apercevait-on les côtés de Syrie avec
une lunette d'approche. Frédéric,
resté sur le pont, avait laissé aux
deux amans l'occasion de parler de
leur tendresse et du bonheur qui les
attendait à l'avenir. Il vint bientôt
interrompre cet agréable entretien;
il était pâle, une sueur froide cou-

lait sur son front; il marcha un instant en silence, puis s'arrêta en jetant des regards furieux sur les deux
amans. — Qu'est-il arrivé ? qu'as-tu ?
lui demanda le comte.

— Interroge-toi toi-même !.....
mais il est trop tard ! Nous sommes
indignement trahis, trompés ! Je l'ai
soupçonné, j'en ai averti ; la ruse
et un amour aveugle ont triomphé,
maintenant nous sommes sans secours sur les bords de l'abyme.

— Au nom du ciel, lui dit Caroline tremblante, expliquez-vous !

— Serpent ! oses-tu bien encore
m'adresser la parole ? Garde le plus
profond silence, et dérobe-toi à ma
fureur ! tu ne me tromperas plus !
tout est découvert ! Triomphe, raille-
nous de notre crédulité, et retourne
aux enfers jouir des fruits de ta victoire !

— Mon ami, qu'as-tu ?.... je me

vois forcé de te répéter ma question....
que t'est-il arrivé? d'honneur, je
crains pour ta raison.

— Oh ! ne l'injurie pas, elle avait
aperçu le piége, tandis que toi....
Mais à quoi servent des reproches ;
viens avec moi mesurer des yeux la
profondeur du précipice, et taxe-
moi alors de folie.

Il prit la main du comte, et le conduisit près de l'escalier qui montait
sur le pont. Caroline ne les suivit
pas ; les injures de Frédéric l'avaient
atterrée ; elle attendait avec la plus
vive inquiétude le dénouement de
cette aventure. Bientôt cette inquiétude augmenta encore, en voyant le
comte rentrer aussi défait que son
ami, en s'écriant : C'est lui ! c'est
lui ! il n'y a plus de doute ; cependant mon cœur ne peut comprendre
que Caroline ait voulu me tromper
et me rendre à jamais malheureux.

— Les suites de sa trahison nous le prouvent ; bientôt le prestige s'évanouira ; tu verras ton amante prétendue reprendre sa première forme, te railler de ta crédulité, et se montrer à toi sous les traits de Belzébut. C'est lui qui nous a éloignés du but, c'est lui qui nous a remis entre les mains du perfide, qui l'a sauvé de la mort, qui l'a amené dans le port que nous quittons. Le vieillard généreux, ses fils, le retour de l'Arabe, tout cela ne fut qu'une illusion trompeuse pour nous faire tomber dans le piége. Je l'ai prévu, je t'ai averti, tu t'es livré à un amour insensé.... Maintenant nous avons le choix, ou de nous précipiter dans les flots, ou d'attendre en tremblant ce qu'on daignera prononcer sur notre sort, et en quel coin de la terre il plaira à cet esprit pervers de nous faire reléguer.

Je rendrais mes lecteurs aussi inquiets que l'était la pauvre Caroline, si je tardais à leur apprendre ce qui avait allumé la fureur de Frédéric. Resté sur le tillac après le départ du comte, il promenait en silence ses regards sur le point de l'horizon où il soupçonnait qu'était située l'Europe, quand le capitaine parut et parla à ses matelots. Le son connu de cette voix le tira de sa rêverie ; il fixa cet homme, demeura immobile d'étonnement, n'osant en croire ses yeux, l'observa davantage, et se convainquit enfin que ce capitaine était le même entre les mains duquel ils avaient été livrés à Marseille, et à qui ils avaient échappé, en imitant le saut dangereux du singulier vieillard. Il se souvenait parfaitement que le vaisseau s'était perdu sur les rochers, mais la vue du capitaine ne lui laissait pas douter qu'il avait échappé à la mort, à moins que le naufrage de son navire ne fût encore une illusion produite par Satan, leur puissant ennemi. Cette idée le ramena naturellement à regarder de nouveau Caroline comme un fantôme envoyé par Belzébut. Quand Frédéric fit voir le capitaine au comte, il ne put le méconnaître, mais l'amour ne lui permit pas de voir la jeune personne du même œil que son ami. Il crut fermement que comme eux le capitaine avait échapé à la mort, et avait été conduit sur leurs pas par le hasard. Il fut encore confirmé dans cette idée, par les assurances de son amante, par ses regards remplis d'amour, par ses larmes, par l'inquiétude qu'elle éprouva en apprenant ce qui se passait. Frédéric lui-même ne savait plus trop à quelle idée s'arrêter. Le danger d'être reconnus par

I *

ce capitaine n'en existait pas moins,
et il était impossible de se cacher à
ses regards pendant tout le voyage.
Ils formèrent différens plans pour se
soustraire à ce péril, puis ils les re-
jetèrent tous les uns après les autres,
comme impraticables. Ils venaient
de s'arrêter à celui de se faire passer
pour malades pendant toute la traversée, et de charger Caroline seule
de les soigner, quand le capitaine
entra pour faire connaissance avec
des passagers qu'on lui avait si for-
tement-recommandés. Ils furent fort
embarrassés en l'apercevant ; mais
leurs craintes d'être reconnus se dis-
sipèrent bientôt en voyant le capitaine ne témoigner nullement qu'il
se rappelait leur visage. Il leur demanda si leur voyage en Égypte
avait été heureux. Le ton avec lequel il fit cette question les encou-
ragea ; ils lui dirent que les difficul-

tés sans nombre qu'ils avaient éprou-
vées les avaient dégoûtés de poursuivre. Il les loua de cette résolution, blâma la folie de ceux qui
quittaient leur patrie pour aller au
loin visiter des ruines, leur parla de
ses voyages , des naufrages qu'il
avait essuyés ; il termina en leur racontant que dans le dernier il avait
perdu tout ce qu'il possédait ; que
conduisant des vagabonds dans une
nouvelle colonie , son navire s'était
brisé contre des rochers ; qu'il s'é-
tait sauvé avec plusieurs matelots,
dans un canot, où ils avaient par hasard jeté quelques sacs de biscuit
qui se trouvait sous leurs mains ;
qu'il était resté dix-sept jours ballotté
sur la mer dans ce faible bateau ; que
depuis trois , ils n'avaient plus de
nourriture, quand un vaisseau por-
tugais les rencontra et les mena à
Goa, d'où il se rendit à Alexan-

drette, et que là, un marchand pour
lequel il avait plusieurs fois navi-
gué, lui avait confié la conduite de
ce bâtiment. Le ton de franchise
avec lequel il leur parla ce jour-là
et les suivans, leur persuada qu'il ne
les avait pas reconnus. Craignant cependant quelque nouvelle surprise,
ils résolurent de débarquer dans le
premier port où le vaisseau relâche-
roit. Le comte avait fortement envie de se découvrir au capitaine, de
lui promettre son pardon et une forte
récompense, s'il les servait fidèlement. Frédéric et Caroline s'y op-
posèrent de toutes leurs forces, en
prétendant que cet aveu lui ferait
peut-être naître le dessein de se défaire d'eux, de crainte d'en être
trahi. Flottant ainsi entre l'inquiétude et l'espérance, ils entendirent
un jour crier terre du haut des mâts.
Ils montèrent sur le tillac, et ap-

prirent, avec joie, qu'ils approchaient de Candie, où le navire re-
lâcherait quelques jours pour prendre
un chargement. Quoique l'île fût
gouvernée par des Turcs, ils espéraient y trouver un consul chrétien,
qui les protégerait s'ils en avaient
besoin. Ils crurent d'autant plus nécessaire de descendre dans cette île,
que depuis quelques jours le capitaine paraissait être embarrassé
quand il se trouvait avec eux ; que
Caroline avait cru remarquer sur
son visage des marques d'effroi,
quand le comte lui demanda s'il y
avait un consul à Candie, et que, sur
sa réponse affirmative, il lui témoigna le desir d'aller le voir avec ses
amis. Il s'était offert à la vérité à les
y conduire, mais il avait un air contraint que le comte et Frédéric
avaient aussi remarqué.

Le cœur leur battit de joie en

voyant, le même jour, le navire
mouiller dans le port de Dia, autrefois l'île renommée de Candie. L'excessive bienveillance que leur témoigna ce soir-là le capitaine, augmenta leur méfiance; elle fut au
comble, quand le lendemain matin
ils apprirent qu'il avait été à terre,
et avait expressément défendu que
personne ne quittât le vaisseau. L'assurance que c'était l'usage, ne les
tranquillisa pas. Le soir, il revint
à bord tellement ivre, qu'il leur fut
impossible d'en tirer un seul mot.

Ils avaient vu décharger des marchandises, qui devaient être le lendemain transportées à terre ; ils espéraient pouvoir s'y rendre en même
temps, ou faire parvenir une lettre au
consul, pour lui demander sa protection. Ce plan fut dérangé le jour
suivant par le capitaine, de la manière la plus agréable pour eux. Il

entra gaîment dans leur cahutte, leur
dit que la veille il avait été voir le
consul français à sa maison de campagne, qu'il avait reçu de lui la commission de conduire dans sa demeure
les voyageurs qui desiraient le voir.
Mes affaires, ajouta-t-il, me retien-
dront ici peut-être près d'un mois ;
vous pourrez pendant tout ce temps
rester chez le consul, à moins que
vous n'aimiez mieux profiter d'un
vaisseau prêt à partir pour la France,
qui se trouve dans le port. Si vous
preniez ce parti, vons me diriez si
je dois garder vos bagages, ou les
remettre sur le navire qui vous por-
terait. Aucune nouvelle ne pouvait être plus agréable pour les voyageurs, leur eût-elle été apportée par
Ménès lui-même. Ils remercièrent le
capitaine, lui dirent qu'ils étaient
fâchés de le quitter, mais que des
affaires les appelant promptement

dans leur patrie, ils se voyaient contraints de choisir le vaisseau qui les
y conduirait le plus promptement.
Il trouva leur résolution juste, donna
ordre de préparer leurs bagages pour
les transporter dans l'autre navire,
et les invita à le suivre dans la chaloupe qui les attendait pour les conduire à terre.

Leur joie fut extrême quand ils
mirent pied à terre. Le consul avait
envoyé au port des chevaux pour les
conduire à sa maison de campagne.
Caroline trembla quand il fallut en
monter un. Son amant la rassura,
lui promit de marcher toujours à
ses côtés, lui représenta que par sa
résistance elle risquait de trahir son
sexe, et enfin elle se décida. La petite caravane traversa la ville autrefois si renommée, et maintenant si
pauvre. En passant dans une petite
plaine où étaient plusieurs maisons

éparses, ils crurent que le consul demeurait dans une d'elles. Le capitaine les détrompa, en leur apprenant que pour jouir d'un air plus
pur, il avait établi sa demeure sur
une colline éloignée d'environ encore
une lieue. Après avoir marché quelque temps, ils virent derrière eux
une troupe de Turcs armés. Leur inquiétude perça dans leurs yeux ; le
capitaine en sourit. Il leur demanda
si dans la description de l'île de
Candie ils n'avaient pas lu que le vol
y était inconnu. Frédéric s'en rappela ; ils poursuivirent leur route,
en parlant du bonheur de ces habitans, pour qui les clefs et les serrures
étaient des meubles inutiles. Ils atteignirent enfin la colline où était située
la maison du consul : elle était de la
plus belle apparence, et entourée
d'un immense jardin, d'où s'ex-
halait l'odeur agréable des fleurs

d'orangers et de citronniers. Ils passèrent sur un pont-levis , et ne firent
pas attention qu'on le fermait derrière eux. Personne n'était dans les
cours pour les recevoir; ils quittè-
rent leurs montures , montèrent en
silence un escalier de marbre, entrèrent dans une grande salle , puis
de-là dans une chambre , dont le capitaine leur ouvrit officieusement
la porte.

Atrocité punie.

UN vieux Turc magnifiquement
habillé , était mollement étendu sur
des coussins; autour de lui étaient
des gardes, le sabre à la main et
l'œil menaçant. Cet aspect inattendu
étonna nos voyageurs. Frédéric était
sur le point de demander au capitaine si le consul était musulman ,

quand le vieux Turc adressa la parole à leur guide. Je t'attendais plutôt. Pourquoi as-tu tant tardé ?

— J'ai fait le plus de diligence
qu'il m'a été possible; maintenant
j'attends ma récompense.

—Tu l'auras, si tu remplis tes
promesses.

— Tu peux en juger toi-même.

— C'est aussi mon dessein. Laquelle des trois est cette beauté si
renommée ?

—Celle-ci, et il désigna Caroline.

— Gardes ! conduisez-la près de
moi, que je puisse mieux l'examiner. Des gardes s'approchèrent de
Caroline : elle se jeta dans les bras
du comte; on l'en arracha avec violence, et on la conduisit près du
mahométan, qui la fixa long-temps.
Par Mahomet ! tu ne m'as point
trompé, chrétien, tu as rempli mon

attente ! Comme le prix est fait , je
puis louer ta marchandise, tu ne me
la vendras pas plus cher. Sa figure
est comme je les aime; un peu pâle
cependant , mais je sais comment re-
médier à ce mal ; dans peu de jours
les roses y reparaîtront. Soldats ,
emmenez-la. Mes eunuques la con-
duiront à mes femmes , qui l'habil-
leront à l'instant même : je veux la
voir dans les habits de son sexe.

— Dieu tout-puissant, aye pitié
de moi ! s'écria Caroline en résistant
aux gardes. Oh , mes amis, défen-
dez-moi !

— Arrête ! s'écria le comte tiré
de la stupeur par la voix de son
amante, arrête , au nom du ciel;
daigne m'entendre ! Puis il poursuivit en arabe : Comment cet infame
scélérat a-t-il pu vendre des hommes libres ? comment peux-tu, noble

vieillard, participer à son crime en les achetant !

— Gardes, obéissez ; emmenez-la.

— Arrête un seul instant ! Puis tombant à ses genoux : Aye pitié d'elle et de moi ! apprends l'infame trahison dont nous sommes victimes. Vois, l'effroi l'a fait tomber sans con-naissance entre les bras de tes gardes ; tu la tueras en la séparant de moi, et tu pleureras vainement ta cruauté près de son corps inanimé.

— Tu parles très-bien arabe.... Tu m'en seras plus précieux. Chré-tien, tu m'avais promis ces deux es-claves sans en exiger le prix ; je veux te le faire compter. Qu'on emporte cette femme, et qu'on entraîne ces deux hommes. Frappez-les, s'ils refusent de vous suivre ; enchaînez-les, s'ils osent vous résister.

— Barbare ! non ! oh non ! le plus

respectable des hommes, écoute-
moi ! Je payerai sa rançon, la
mienne, celle de mon ami ; fixes-en
le prix, je....

— Soldats, emmenez-les, ou re-
doutez ma colère.

— Encore un mot, s'écria le comte
exaspéré, un seul mot à cet homme !
Il indiquait le capitaine. Les gardes
s'arrêtèrent ; il tira brusquement un
pistolet de sa poche, et le déchargeant sur lui à bout portant, il l'é-
tendit à ses pieds, en lui disant les
dents serrées : Monstre infame, re-
çois le prix de tes forfaits.

— Qu'on enchaîne ces audacieux !
s'écria le Turc en fureur ; qu'on les
enferme dans un cachot, pour y attendre les terribles supplices que je
vais leur faire préparer.

Les deux infortunés furent entraî-
nés dans une obscure prison, où *ils*
se livrèrent au plus affreux déses-

poir. Si un rayon de joie soulageait un instant leur cœur, il leur venait du coup porté par le comte au perfide capitaine. Ce scélérat les avait reconnus du premier coup-d'œil, et dès-lors avait résolu leur mort. Il ne savait quel moyen employer pour s'en défaire sans faire naître les soupçons : il écoutait souvent en secret leurs conversations ; leur projet de se réfugier chez un consul, lui fit naître l'idée qu'il exécuta.

~~~~~~~~~~~~~~~~~~~~~~~~~~~~~~~~~~~~~~

Moyen de salut rejeté.

CAROLINE ne sortit de son évanouissement que pour retomber dans un plus profond. Le comte, dont la brûlante imagination lui peignait son amante entre les bras d'un barbare, cherchait vainement à briser ses chaînes, pour voler à son secours

et exterminer le perfide voluptueux.
Frédéric, assis dans un coin, regardait devant lui avec stupeur. La plus
légère lueur d'espoir ne brillait plus
à ses yeux; il n'espérait plus le
moindre secours; il avait perdu jusqu'à sa confiance dans le sage Ménès.

Une nuit, un jour, puis une autre
nuit s'écoulèrent sans qu'il arrivât le
.moindre changement au sort de ces
infortunés ; des soupirs étaient leur
seul entretien, des larmes leur seule
nourriture, car le pain qu'on leur
apporta resta, sans être touché, sur
la place où on le posa. Le desir de
se laisser expirer de besoin prit de
fortes racines dans leurs ames, et
l'espoir de voir bientôt finir leurs
maux par ce moyen, apporta seul
quelqu'adoucissement à leur désespoir. Le matin du second jour, un
Turc entra dans leur prison; ils es-
pérèrent un instant, en le voyant
les

les débarrasser de leurs fers ; mais ils
furent cruellement détrompés, quand
il les salùa de plusieurs coups de
fouet. Pensez-vous, leur dit-il d'une
voix rude , qu'on vous nourrira sans
vous rendre utiles ? Le temps du repos est expiré, celui du travail com-
mence. Suivez-moi tous deux , et
soyez diligens, autrement mon fouet
saura vous donner de l'activité. Grin-
çant les dents , ils le suivirent , car
leurs corps étaient trop faibles pour
résister à la douleur des coups. Il les
conduisit dans un grand jardin, dont
les murs très-hauts bannissaient jusqu'à l'idée de fuir , et dont un grand
espace inculte leur annonçait du travail pour long-temps. Il s'arrêta devant une place vide , en mesura une
partie avec ses pas, leur montra la
partie mesurée, et leur dit : Voilà
votre ouvrage jusqu'au coucher du
soleil. Si vous n'avez pas tout fini ,

3   K

vous sentirez ce que pèse mon bras,
car je proportionne la récompense
au travail. Il les quitta, et Frédéric
prit en silence un outil, pour commencer son travail.

— Et tu vas travailler ? lui dit le
comte avec un sourire amer. Tu con-
sens à être l'esclave des barbares qui
m'ont ravi ma Caroline ?

— N'y suis-je pas forcé, si je veux
éviter d'être cruellement maltraité ?

— Lâche ! ainsi tu redoutes la
mort qui finirait tous tes maux ?

— Je la verrai s'approcher avec
fermeté, quand je serai à mon terme
fatal, mais j'espère encore.

— Tu espères ?

— N'avons-nous pas été encore
plus malheureux, quand, dans les déserts de l'Arabie, nous avons été forcés de labourer comme des bêtes de
somme ? N'avons-nous pas été miraculeusement sauvés ?

— Mais Caroline ?.... Souviens-toi
qu'elle est dans le sérail d'un Turc,
dans les mains d'un barbare, et
trouve un moyen pour la sauver
avec nous! Ah! cette idée est plus
cruelle mille fois que la mort; je
veux l'attendre ici, cette libératrice
des malheureux : si elle ne vient
point assez promptement, les coups
de mes bourreaux hâteront ses pas.

Frédéric ne répondit pas; il travailla de toues ses forces, tandis
que l'infortuné comte se roulait dans
la poussière, et la mordait dans l'excès de son désespoir. Quand Frédéric s'arrêta pour essuyer la sueur de
son front, il fixa sur son ami ses
yeux où se peignaient la plus vive
compassion. Ce dernier se releva.

— Peux-tu me donner des consolations? cela est-il en ton pouvoir?

— Oui, je le puis, j'en éprouve,

elles m'aident à supporter la fatigue de mon travail.

— Oh! par pitié, partage-les avec ton ami! Si tu ne peux m'en donner, avant la fin du jour, tu verras en moi un suicide.

— Un seul cheveu de ta tête ne peut tomber sans la volonté du Tout-Puissant. Il a conduit ta bien-aimée jusqu'en Syrie; il peut aussi la protéger dans le sérail d'un barbare, la préserver de ses attaques, et l'arracher avec nous d'entre ses mains. Voilà ma seule consolation, et je me fais un plaisir de la partager avec toi.

— Mais.... réfléchis donc à l'horrible pensée.... Si le cruel, en lui fesant violence, comblait la mesure de mes maux.... si....

— Peux-tu t'y opposer? J'espère! c'est tout ce que je puis te dire. Et moi aussi, je me suis abandonné au désespoir ; je n'ai vu autour de moi que d'obscures ténèbres ; le fouet cruel de mes bourreaux m'a tiré de ce rêve affreux. Quand j'ai revu la lumière du soleil, l'espérance est rentrée dans mon cœur ; je travaille pour pouvoir espérer plus long-temps.

— Je suivrai ton exemple ; je veux aussi espérer ; la conviction de mon malheur me tuerait.

Il prit vivement la bêche, et travailla avec autant d'ardeur que son ami. Déja leurs forces se perdaient, déja leur faiblesse trahissait leur volonté, quand on leur apporta un plat de riz cuit, et on les appela pour le manger. Ils le dévorèrent, se reposèrent un peu à l'ombre, et se trouvèrent assez de forces nouvelles pour achever leur travail avant le coucher du soleil. Je suis content de votre bonne volonté, leur dit l'ins-

pecteur, quand il vint les rejoindre
le soir; j'ai voulu vous éprouver;
maintenant que je connais votre activité, je ménagerai vos forces. Il les
quitta après ces paroles consolantes,
en leur indiquant une chambre où ils
pouvaient se retirer. Ils n'y furent
point enchaînés, et y trouvèrent des
nattes et des couvertures pour se
coucher.

Cet adoucissement à leur sort leur
donna matière à converser, et les
fortifia dans l'idée que peut-être il y
avait encore pour eux espoir de salut.
A la vérité, il y avait des instans,
même des heures, où le comte re-
tombait de nouveau dans le désespoir; Frédéric cherchait encore à le
consoler; quand les principes de la
religion et de la philosophie demeu-
raient sans effet, il lui parlait du grand
Ménès, qui, au moment où ils y penseraient le moins, pouvait les sau-

ver d'une manière miraculeuse. Le
comte alors se livrait à ses consolations; il ressemblait à un homme
luttant contre les flots, qui se rat-
trape à chaque brin de paille, et qui,
quand il se voit trompé dans son espoir, rassemble toutes ses forces
pour attraper un plus solide appui.

Un demi-mois s'écoula de cette
manière. Ils travaillaient tous les
jours dans les jardins : on avait cessé
de les maltraiter, et tous les jours
on leur donnait une plus abondante
et plus saine nourriture. Souvent leur
inspecteur les voyait se reposer, sans
les punir; il se contentait de les
exciter au travail par ses ordres.
Leur état n'était plus aussi misérable; il leur aurait même paru de
jour en jour plus supportable, si le
souvenir de Caroline n'eût aggravé
leurs maux. Son destin leur était inconnu. L'inspecteur gardait toujours

le silence, quand ils hasardaient de l'interroger sur ce qu'elle fesait ; et cette incertitude, en donnant à l'imagination du comte l'occasion de peindre d'affreux tableaux, en martyrisant son cœur, lui rendait sa situation insupportable.

Un jour qu'appuyé sur sa bêche, il la mouillait de larmes amères, tandis que Frédéric essayait en vain de le consoler, un Turc, jeune et beau, qu'ils n'avaient point encore vu, passa plusieurs fois devant eux, leur jeta des regards de pitié, sourit avec bienveillance quand ils le saluèrent, et s'arrêta enfin devant eux. Votre travail doit être fatigant, leur dit-il en arabe et d'un ton qui décelait son humanité.

— Il ne le serait pas, si nous y avions été accoutumés dès l'enfance, mais....

— Vous étiez autrefois plus heu-

reux ? En ce cas, je vous plains doublement.

— Et nous le méritons , car entre
mille qui peut-être dans cette île
portent les fers de l'esclavage , aucun
sans doute ne souffre aussi injustement que nous. Nous sommes des-
cendus sur cette terre comme voyageurs ; nous y avons mis pied à terre
comme fesant partie d'un peuple
ami , qui devrait y trouver secours
et protection, et nous avons été indignement trompés , jetés dans un
esclavage non mérité , et vendus
comme de vils bestiaux. Si ton sein
renferme des sentimens d'honneur ,
donne à cette action le nom qu'elle
mérite, et ne nous blâmes pas de
murmurer.

— Vous ai-je laissé soupçonner
que je vous blâmais ? J'admire plutôt votre patience, et ne m'étonne-
rais point d'une sérieuse résistance.

K *

— Pouvons-nous en faire aucune ? Ne nous nuirait-elle pas plus qu'elle ne nous servirait ?

— Qu'importe ? vous agissez avec plus de sagesse que je n'en aurais ; à votre place, je résisterais à l'oppression jusqu'à la mort. Je vous plains bien sincèrement.

— Reçois-en nos sincères remercîmens, et sauve-nous, si cela est en ton pouvoir.

— Vous sauver ? Combien je le ferais volontiers !.... Mais.... il serait peut-être un moyen, si votre courage égalait votre malheur. Je ne puis vous parler ici autant que je le voudrais : ce soir, quand vous serez retournés dans votre prison, j'irai vous voir. Espérez, si vous avez du courage.

— Prête-moi l'oreille encore un instant. En même temps que nous, mon amante chérie est tombée dans

l'esclavage; elle a été enfermée dans
le sérail du tyrannique pacha ; mon
cœur est déchiré par l'incertitude de
son sort : ne pourrais-tu m'en apprendre des nouvelles?

— Je le puis. Elle a succombé à
l'excès de sa douleur, et lutté long-
temps contre une fièvre dévorante
qui l'a conduite aux portes du tombeau. Sa jeunesse et la science du
médecin l'ont arrachée au danger
avec beaucoup de peine. Maintenant, dit-on, les roses reparaissent
sur ses joues, quoique sans cesse elle
répande des larmes, et demande à
grands cris son amant ou la mort.

— Ne lui accordera-t-on pas l'un
ou l'autre?

— Comment peux-tu faire une
semblable question? Le tigre rend-
il, sans y avoir touché, la proie qu'il
a emportée dans son antre? La rose
s'épanouit, on la cueillera.

— Dieu tout-puissant, aye pitié d'elle et de moi !

— Infortuné, ne te livres point au désespoir, rappelle ton courage, tu en as le plus grand besoin. Ce soir j'irai te joindre ; je t'indiquerai les moyens de la sauver avec toi, et de te venger. Jusque-là, arme-toi de patience.

Le comte, en le voyant s'éloigner, demeura immobile ; son imagination achevait le tableau que le jeune Turc n'avait fait qu'esquisser ; il voyait Caroline céder aux fureurs d'un barbare ; il la voyait.... Si Frédéric ne l'eût pas éveillé de ce rêve affreux par des paroles consolantes, sa raison se serait entièrement égarée, et il aurait porté sur lui une main criminelle. Volontairement, quoi-que toujours absorbé dans ses pen-sées, il suivit le soir son ami dans leur triste asile, où ils attendirent

impatiemment le jeune Turc. Déja
ils désespéraient de le voir, quand
leur porte s'ouvrit. C'était lui. Il
marcha quelque temps en silence ,
puis il leur dit : Je vous ai fait entrevoir l'espoir de votre salut ; je
viens le confirmer ; je dois cependant d'abord entrer dans des détails
que vous devez connaître. Le pacha
dont vous êtes esclaves me nomme
son fils. Jusqu'à présent je me suis
efforcé de l'aimer et le respecter
comme un père , quoiqu'il ne puisse
exiger, avec quelqu'apparence de
raison, ni amour, ni respect; car,
je suis forcé de rendre hommage à
la vérité , il n'est pas le père de ses
enfans, il en est le bourreau. Figu-
rez-vous les plus horribles cruautés,
la plus affreuse tyrannie ; il s'en est
mille fois rendu coupable envers ses
fils et ses esclaves. Il y a quelques
années , j'avais encore six frères ; ils

sont tous morts sous ses coups ou dans les plus cruels tourmens ; seul je suis resté, et tous les jours j'attends la mort.

— Quel homme affreux !

— Plus affreux encore que je ne puis vous le peindre. Plus de cent de ses esclaves sont expirés dans les tortures par ses ordres. Hier encore, j'en ai vu deux écorchés vifs et coupés par morceaux ; une sueur froide couvrait tous mes membres en entendant leurs cris : le sourire était sur les lèvres de mon père ; le même sort vous attend tous deux. Si ton amante refuse de se livrer elle-même à ses embrassemens, il la menacera de votre mort ; si elle persiste, il vous fera cruellement martyriser à ses yeux.

— Est-ce-là cet espoir dont tu nous avait flattés ?

— J'ai dû commencer par vous

peindre les dangers dont vous êtes menacés. Tous les habitans de cette île gémissent sous la tyrannie de mon père ; leurs plaintes ont été portées jusqu'à Constantinople ; son or a fermé les oreilles du visir ; avant qu'il reçoive le cordon fatal qu'il a tant de fois mérité , votre sang et le mien arroseront sans doute cette terre maudite, et l'amie de ton cœur sera entre ses bras.

— Dieu ! Dieu !

— Votre salut est dans vos mains ; je viens vous encourager à le tenter. Déja depuis long-temps j'ai cherché à connaître les sentimens de ses gardes et de ses esclaves ; tous desirent ardemment être délivrés de ce monstre ; tous pousseraient des cris de joie à cet heureux événement, mais nul n'a le courage de le faire naître. Je n'ose non plus entreprendre de nous délivrer tous ; ma religion s'y oppose, et le danger des suites m'effraie. Un coup de poignard, quand il sommeille, une balle de mousquet, quand il erre seul dans ses jardins, l'auraient depuis longtemps rayé du nombre des vivans, si la religion, dont les mahométans sont esclaves, ne réprouvait une pareille action ; elle interdit l'entrée du paradis à celui qui verse le sang d'un vrai croyant ; elle veut qu'on assomme celui qui mérite la mort. Qui oserait attaquer ainsi ce monstre? Quoique dans un âge avancé, il est d'une force prodigieuse. Souvent j'ai essayé de réunir toutes ses victimes pour l'attaquer à la fois ; jamais je n'ai pu réussir ; car, après cette action, ses meurtriers seraient obligés de prendre la fuite pour éviter la vengeance du sultan, et leur foi leur défend encore d'habiter avec les infidèles. Quand j'appris vos mal-

heurs, quand je vous vis gémir sous
le poids de vos fers, je me dis : Voilà
des libérateurs que le ciel nous en-
voie, voilà des vengeurs dont la religion ni la crainte n'arrêteront point
le bras ; ils poignarderont le tyran
pour recouvrer leur liberté et sauver
leurs jours. Écoutez mon raisonnement, et voyez s'il est faux. Je ne
crois pas que votre religion vous in-
terdise la défense quand on vous attaque ; et n'est-ce pas vous défendre,
que de poignarder le ravisseur de
votre liberté, quand par sa mort
vous l'empêchez de vous tourmenter
cruellement, et de vous ravir à tout
ce que vous aimez ? Quant aux dangers que vous courez, et je ne crois
pas qu'ils doivent vous effrayer dans
l'état affreux où vous êtes réduits,
je me charge de vous y soustraire.
Chaque mois, et même en cet instant, des vaisseaux européens sont

dans notre port ; je retiendrai sur
un d'eux des places de passagers
pour vous, et j'aurai soin qu'il soit
prêt à mettre à la voile aussitôt votre
entreprise terminée. Je vous condui-
rai, comblés de bienfaits, jusqu'à
ce navire, ainsi que votre amante.
Quand il aura disparu à mes yeux,
je reviendrai dans ce palais, je rendrai le meurtre public, et je deman-
derai vengeance à grands cris. D'a-
bord les soupçons tomberont sur
vous : on vous cherchera, vous serez
déja bien éloignés, vous atteindrez
heureusement votre patrie, où nos
bénédictions vous suivront, et nous,
n'ayant plus à redouter les soupçons,
nous nous partagerons les trésors du
monstre, avant que les envoyés du
sultan ne paraissent pour les enlever.
Je vous faciliterai, d'ailleurs, les
moyens d'exécuter votre dessein sans
danger ; ou, après avoir armé vos

mains de poignards, je vous condui-
rai la nuit près de son lit, quand je
le saurai profondément endormi, ou
je l'amènerai , sous un prétexte,
dans un endroit écarté du jardin;
vous y serez cachés derrière des char-
milles, et pourrez tirer sur lui d'aussi
près que vous le voudrez. Dites-moi
maintenant ce que je dois attendre
de votre courage ? Prenez promptement une résolution, si vous voulez
sauver vos jours et l'innocence prête
à succomber.... Eh bien, vous gardez
le silence ?

— C'est tout ce que nous pouvons
faire et ce que nous ferons à l'a-
venir.

— Et toi ?

— Il parle comme je pense.

— Ainsi vous ne voulez sauver ni
votre vie , ni l'honneur de votre
amante ?

— Je préfère la mort à l'infamie de me souiller d'un parricide.

— Insensés! le tyran est-il votre père ?

— N'est-il pas le tien ?

— Ne le massacrerions-nous pas par tes ordres? ne serions-nous pas tes agens ? Quand mille fois plus de crimes pèseraient sur la tête de ton père, est-ce à toi de s'ériger en son juge ? dois-tu devenir son assassin? Ton devoir, au contraire, est de le défendre si on ose l'attaquer ; mais tu n'as jamais formé pareille idée ; tu as voulu nous éprouver, parce que tu nous croyais des scélérats. Comment un front si noble, où se peint la bienveillance et l'amour des hommes, pourrait-il cacher une ame aussi noire? Aimable jeune homme, tu as voulu connaître nos cœurs ; ils ont soutenu l'épreuve ; sois notre libérateur, si cela est en ton pouvoir.

— Insensés !.... Mais non, seul j'a-
vais perdu un moment la raison , en
croyant susceptibles de courage des
enfans de l'erreur. Demeurez esclaves, vous le méritez; mais prenez
garde de révéler un seul mot de ce
que je vous ai dit; il vous en coûte-
rait la vie. Désormais je vous mépri-
serai autant que vous le méritez ,
mais je vous surveillerai sévèrement...
Vous persistez dans votre résolution ?

— Oui , et nous adresserons nos
prières à l'Éternel, pour qu'il change
ton cœur.

— Vils esclaves ! vous méritez
votre sort. Gardez le silence, si la
vie vous est chère.

Il les quitta après cette menace,
et leur laissa le temps et la liberté
de se communiquer leurs pensées sur
cette aventure inattendue. Ils en parlaient encore, quand le jour les sur-

prit, et qu'ils virent leur guide venir les appeler au travail. Ils ne changèrent point de résolution ; ils regardaient, à la vérité, comme digne de mort le ravisseur de Caroline et de leur liberté, mais leurs cœurs se soulevaient à la seule idée de devenir des assassins et les agens d'un parricide. Il leur paraissait toujours inconcevable qu'un jeune homme, dont l'extérieur était et si noble et si doux, pût concevoir d'aussi horribles pensées ; ils espéraient toujours qu'il avait voulu les éprouver, et qu'il était incapable d'un pareil crime. Bientôt cependant cet espoir s'évanouit ; ils reconnurent qu'il n'avait pas grossi le nombre des crimes de son père, et ils se persuadèrent qu'effectivement son horrible tyrannie avait pu lui faire former ce cruel projet.

Le soleil n'annonçait point encore

la moitié du jour, quand ils virent
venir leur guide, qui leur ordonna
de le suivre. Il les conduisit dans la
chambre du pacha. Ce dernier était,
comme la première fois, étendu sur
des coussins; son regard était som-
bre, cruel, et semblait, comme le
ciel, quand il est couvert de nuages
épais, présager une affreuse tempête. Il garda long-temps le silence,
en promenant autour de lui ses yeux
étincelans; enfin il leur dit : Par
amour pour le trésor que vous m'a-
vez procuré, quoiqu'indirectement,
je vous ai traité jusqu'à ce moment
comme des esclaves achetés; j'ai mé-
nagé vos forces, je ne vous ai sou-
mis qu'à un travail modéré : cette
excessive bonté va cesser, puisqu'on
en abuse.... plus de mots seraient
inutiles; écoutez attentivement, et
agissez comme vous croirez devoir le
faire. La belle esclave, pour laquelle

j'ai payé une très-forte somme, n'est pas sensible à l'honneur que je veux lui faire; elle méprise mon amour; et, jugez de la grandeur de son crime, elle ose m'avouer qu'elle a juré un amour éternel à l'un de vous deux, qu'elle veut être fidelle à ses sermens, et qu'elle préfère la mort à l'honneur de partager mon lit. Jusqu'à ce moment j'ai regardé ces discours comme l'effet de sa maladie; maintenant qu'elle est parfaitement guérie, puisqu'elle ose les répéter, j'aurai recours à la sévérité. Dès hier, je lui ai fait savoir que je ferais subir, devant ses yeux, des tourmens si cruels à celui qu'elle a l'audace de me préférer, que la pitié la forcera à tomber entre mes bras pour l'arracher des mains de ses bourreaux. Cette menace a paru produire quelqu'effet ; je veux la réaliser. Lequel de vous est le témé-

raire

raire qui m'enlève le cœur de mon
esclave ?

— Moi, et je me sens le courage
de braver les tourmens dont tu me
menaces, et d'exhorter au milieu
d'eux mon amie à la constance.

— Moi, je suis l'ami de cet infortuné, et tant qu'il me restera un
souffle de vie, j'encouragerai son
amante à te détester.

— Vraiment? Eh bien, nous ver-
rons si vous aurez assez de fermeté
pour persister dans ces folles résolu-
tions. Ma bonté veut encore attendre, et vous laisser le choix entre
la liberté et la mort au milieu des
plus cruels tourmens. L'esclave va
vous être amenée; je vous laisserai
seuls un instant avec elle. Si vous
savez l'engager à répondre à mon
amour, à accepter le titre de mon
épouse, vos fers tomberont; je vous
jure, sur la tête de notre saint Pro-

3   L

phète, qu'à l'instant même je vous
rendrai la liberté, je vous ferai conduire à bord d'un vaisseau européen,
comblés de mes présens, et je vous
renverrai dans votre patrie. Si, au
contraire, observez attentivement ce
que je vous dis, si, au contraire,
vous êtes assez insensés, assez témé-
raires pour l'engager, soit par des
signes, soit par des paroles, à me résister, demain, avec le lever du soleil, votre supplice commencera,
pour ne finir que quand elle accep-
tera ma main, ou quand vos ames
abandonneront vos corps déchirés :
elle n'en restera pas moins en mon
pouvoir ; je saurai, quand je le vou-
drai, lui ravir ce qu'elle refuse de
m'accorder.

. Sans attendre leur réponse, il les
quitta. Un instant après, Caroline
parut, accompagnée de deux eunuques noirs. Ses regards étaient fixés

vers la terre; quand en les levant
elle aperçut ses amis, elle jeta un
cri, et tomba entre les bras des noirs.
Le comte, ni Frédéric n'osaient
lui parler; les terribles menaces du
pacha serraient leurs cœurs, et la
vue de l'infortunée victime augmentait leur stupeur. Caroline se remit
peu à peu; elle s'approcha lentement du comte, prit sa main, le
fixa tristement. Ce qu'on m'a dit et
que je regardais comme impossible,
est-il donc vrai? lui demanda-t-elle
d'un ton solemnel. Es-tu amené devant moi pour m'exciter à la pitié,
pour m'engager à t'oublier, à me
sacrifier honteusement, à acheter
ta liberté au prix de mon honneur et
de mon innocence? Je souriais de
pitié hier aux menaces du tyran;
dois-je maintenant me livrer au désespoir en en voyant l'effet?

  – — Oh, ma bien-aimée! tu m'outrages en me soupçonnant capable d'une pareille faiblesse. Il m'a effectivement offert la liberté et fait les plus cruelles menaces, si je ne me rends point à ses desirs, mais tu me vois fortement résolu à braver tous les tourmens, et à t'engager à le haïr tant que ma langue pourra articuler un seul mot.

— Ne me trompes-tu point ? Mille graces en soient rendues au ciel ! Maintenant je puis mourir sans regret, et conserver l'espoir de t'embrasser encore dans un autre monde.

Frédéric prit la parole. Le comte t'a ouvert nos cœurs ; cependant, chère amie, je ne puis te déguiser toute l'étendue de ton infortune. Et moi aussi, je suis résolu de subir plutôt mille morts que d'acheter ma liberté par une bassesse ; mais notre supplice ne te sauvera pas ; le tyran a menacé de te ravir, à la vue de nos cadavres, ce que tu lui refuses.

— J'y ai pourvu. Cela ne serait pas en son pouvoir, même quand il serait un dieu. Une esclave chrétienne a vu l'excès de ma douleur, a entendu mes gémissemens; elle a eu pitié de moi, elle m'a apporté cette nuit un poison dont l'effet est des plus prompts, et dont la quantité suffit pour tuer six personnes. Vous êtes dignes de moi; je veux partager avec vous ce généreux présent. Prends, mon bien-aimé, partage avec ton frère. Demain, quand le soleil.... ses rayons pénètrent-ils dans votre prison ?

— Ils en dorent tous les matins les murs noircis.

— Eh bien, demain, quand l'aurore, sa messagère, viendra colorer l'horizon, prenez ces pastilles, mangez-les avec courage, et attendez la

mort en fixant le côté où il se lève ;
peu après il paraîtra et éclairera
notre route jusqu'au pied du trône
de l'Éternel, qui ne repoussera pas
ses enfans, pour s'être sauvés eux-
mêmes, après avoir attendu vainement ses secours jusqu'au dernier
moment. Ne prenez ce poison ni
plutôt, ni plus tard. Je serais mé-
contente de vous y voir avant moi;
je tremblerais si je ne vous y trou-
vais pas. Mourons ensemble ! ensemble ! Quelle consolante idée ! Et
le perfide, quelle sera sa fureur, sa
rage, quand, voulant commencer
votre supplice et le mien, il ne trou-
vera que des corps inanimés, et lira
sur nos visages décolorés, que le
crime ne triomphe pas toujours de
la vertu ! Mon plan n'est-il pas sage ?
remplit-il votre attente ?

— Il est digne de toi, il prouve à
la fois et ton amour et ton courage.

— Mille remercîmens, généreuse amie, pour ce bienfait inattendu.

— Encore un mot. Le tyran ne doit exécuter que demain ses menaces, mais il peut changer de résolution. Pour qu'il ne nous ravisse pas notre seul espoir en nous livrant plutôt à ses bourreaux, ne l'irritez pas par une résistance ouverte. Ne promettez rien, mais laissez-le espérer : demandez-lui encore la faveur de me voir demain matin, et suppliez-le de me laisser jusqu'à ce temps me livrer seule à mes réflexions. J'en ai besoin; c'est le dernier jour de ma vie; je dois.... brisons-là. Je ne prends point congé de vous; nous nous reverrons bientôt pour n'être plus séparés. Adieu! adieu!.... jusqu'à demain. Elle sortit.

Qu'un autre cherche à peindre ce qu'éprouvèrent les deux amis après son départ, cela n'est pas en mon

pouvoir. Ils étaient encore immobiles à la place où elle les avait lais-
sés, quand le pacha rentra. Tu nous
a offert de nous accorder jusqu'à
demain, lui dit le comte en balbu-
tiant ; nous te conjurons de ne pas
rétracter ta promesse.

— Je la tiendrai. Jusque-là vous
pourrez réfléchir, dans la solitude,
au sort qui vous attend. D'un côté,
la liberté et des richesses; de l'autre,
la mort la plus affreuse et la certitude que l'esclave n'en sera pas
moins entre mes bras. J'espère que
vous ne balancerez pas. Allez, et
soyez assez sages pour choisir le
meilleur parti.

Ils s'éloignèrent vivement pour
fuir la vue de leur tyran ; mais ils
ralentirent le pas et retombèrent
dans leur rêverie, quand leur gardien les reçut pour les conduire dans
leur prison. Ils restèrent long-temps

seuls avant de prononcer un mot ; ils
ne se parlèrent que pour se préparer
réciproquement à la mort. Quelquefois ils croyaient entrevoir un rayon
d'espérance ; quelquefois Frédéric
pensait que le puissant Ménès vien-
drait à leur secours ; bientôt cependant la réflexion venait détruire ces
illusions ; son courage faiblissait, et
l'horrible idée d'être contraint à se
donner la mort venait serrer son
cœur. Le comte montrait plus de
courage que lui ; l'amour doublait
ses forces.

Quand le soir approcha, Frédéric
demanda à son ami le poison qu'il
avait reçu de Caroline. Il en fit deux
parts égales, et l'examina soigneusement pour en découvrir la nature ;
il crut reconnaître le suc congelé
d'une plante avec laquelle les sau-
vages empoisonnent leurs flèches.
Son effet est des plus prompts, dit-il

L *

au comte en lui en donnant la moitié. Ce fut une consolation pour cet amant infortuné, et même pour Frédéric, puisqu'il n'avait le choix qu'entre une mort douce et une mort violente.

Vers minuit, ils se laissaient aller à un sommeil agité; leur porte s'ouvrit, et le fils du pacha entra, tenant une lumière à la main. Si l'on ne m'a point trompé, leur dit-il à demi-voix, plus de la moitié de mes prophéties sont déja accomplies. Demain il vous faudra choisir entre la mort ou la liberté. Si vous préférez la première, l'infortunée n'en sera pas moins victime du tyran voluptueux; si vous choisissez la seconde, les malédictions de cette malheureuse fille vous suivront en Europe, et empoisonneront tous vos plaisirs. J'espère donc vous trouver plus dociles, et mériter vos remercîmens,

en vous offrant de nouveau les moyens
de vous sauver. Demain , à la pointe
du jour, un vaisseau européen s'é-
loigne de nos côtes ; des places y sont
déja retenues pour vous et votre
amante ; le capitaine est gagné.
Voyez dans cette main une bourse
pleine d'or , et dans cette autre deux
poignards. Prenez le tout ; suivez-
moi sans crainte ; les gardes , les eunuques sont endormis ; je vais vous
conduire au lit du tyran ; un seul
instant de courage , et vous termi-
nerez vos maux avec sa vie.

—Loin de nous, démon qui , sous
le masque de la bienveillance , veux
perdre notre ame en la souillant d'un
meurtre : nous voulons paraître innocens devant notre juge.

—Infortunés! réfléchissez au parti
que vous prenez.

— Nous avons réfléchi , et t'en-
gageons à nous imiter. Le parricide

est un crime affreux ; il est ici sévèrement puni : ne l'oublie jamais, et
renonce à tes projets.

— Ainsi vous me refusez ?

— Oui.

— Eh bien, que le repentir soit
votre lot, quand tout secours vous
sera ravi.

— Notre refus sera une nouvelle
consolation pour nous à notre dernier
moment.

— Adieu donc ! je suis sincèrement affligé de voir des hommes
aussi généreux, condamnés à d'affreux supplices ; mais vous les méritez en quelque sorte par votre opiniâtreté. Adieu ! priez le ciel de vous
inspirer le courage nécessaire.

Il sortit, et les jeunes amis attendirent le jour avec impatience. Il ne
leur avait nullement coûté de re-
jeter le moyen de salut qu'on leur
avait offert. Un crime, il est vrai,

pouvait sauver leurs jours, mais les
privait à jamais de cette félicité
éternelle dont ils croyaient fermement l'existence, et ils préféraient
sacrifier quelques plaisirs toujours
empoisonnés qui les attendaient ici-
bas, pour jouir de ceux infinis qu'ils
espéraient goûter dans le sein de leur
Dieu.

Enfin l'ouest se colora. Ils prépa-
rèrent leurs poisons. Le comte l'a-
vala courageusement, quand il vit
se rougir l'extrémité d'un petit nuage,
en s'écriant avec enthousiasme : Caroline aussi en prend en cet instant.
Frédéric suivit son exemple avec
calme; ils se prirent la main, et
s'étendirent sur leur natte pour voir
venir la mort. D'abord, leur imagination exaltée leur fit croire qu'ils
éprouvaient les effets du suc empoi-
sonné; il leur semblait sentir leurs
membres s'engourdir, et ils espé-

raient s'endormir pour jamais sans
douleur ; mais bientôt ils perdirent
cet espoir ; ils se regardaient avec
inquiétude , ils se demandaient si le
poison commençait à agir. Cette inquiétude prit encore de nouvelles
forces, quand ils virent le soleil s'é-
lever dans sa course, et qu'ils se sen-
tirent toujours pleins de vie.

Ils virent, en tremblant, paraître
leur gardien , accompagné d'une
garde nombreuse qui venait les chercher pour les conduire devant le
pacha. En vain ils espéraient que
leurs jambes refuseraient de les soutenir; ils les trouvèrent aussi fortes
que la veille, et ils purent s'avancer
sans secours vers l'endroit de leur
supplice. Personne n'était dans la
chambre où ils furent introduits. Caroline y fut amenée un instant après
par des eunuques. Sa démarche ressemblait à celle d'un homme blessé

à mort, qui essaye encore de faire quelques pas. Nous sommes trahis, indignement trompés, s'écria-t-elle en voyant ses amis ; la malheureuse esclave m'a avoué que, craignant d'être punie, au lieu de poison que je lui demandais, elle m'avait donné des pastilles dont la propriété est d'augmenter les forces ; il vous reste toujours l'espoir d'une mort prochaine, tandis qu'il n'est pour moi que le désespoir. Dieu veuille qu'il termine mes jours aussi promptement que le poison ! Mais non, vous ne mourrez point ; je veux, je dois vous sauver ; je veux dire au tyran que, persuadée par vos discours....

— Arrête, et ne rend pas mes derniers momens plus amers. Je devine ton projet, je méprise le moyen que tu veux employer, je te mépriserais si....

— O mon bien-aimé ! je ne veux

employer que des promesses ; aussitôt que vous serez en sûreté....

— Tu mourras pour nous ? Et
nous aussi , nous savons mourir.
Nous rejetons avec horreur un moyen
qui nous sauverait aux dépens de ta
vie et de ton honneur.

Caroline allait répondre pour justifier son plan, quand le pacha rentra. Son regard sévère l'empêcha de
poursuivre ; elle fut emmenée par
les eunuques, et eut à peine le temps
de jeter les yeux sur ses amis , pour
en prendre congé. Le pacha se pro-
mena un instant la tête baissée et les
bras croisés sur sa poitrine. Les
jeunes amis , immobiles, attendaient
l'arrêt de leur mort. Leur tyran éleva
enfin la voix. Êtes-vous préparés au
supplice , ou se décide-t-elle à accepter ma main?

— Nous sommes prêts à marcher
au-devant de tes bourreaux , et l'in-

fortunée préfère le trépas au sort affreux que tu lui destine.

— Eh bien, je le veux. Votre jugement est prononcé ; je jure, par
Mahomet, que nul mortel n'en ar-
rêtera l'exécution. Adieu, nous nous
reverrons peut-être dans un autre
monde ; vous pourrez demander
vengeance devant le trône de l'Éternel, si vous trouvez mon arrêt trop
sévère.

— Tremble! nous la lui demande-
rons! Dieu est un juge équitable.

— Il est aussi plein de miséricorde;
il ne la refuse jamais au pécheur.

Il les quitta, et ils attendirent,
en tremblant. Une demi-heure s'é-
coula; personne ne parut; les craintes des deux infortunés n'en étaient
pas plus faibles.

Le jugement est exécuté.

ENFIN la porte s'ouvrit , six hommes armés entrèrent. Suivez-nous, leur dit le chef. Ils se placèrent au milieu , en frémissant, et descendirent dans les cours. Ils croyaient trouver là les instrumens de leur supplice ; ils les cherchèrent des yeux , et ne virent que des chevaux. On leur ordonna d'en monter chacun un; leurs gardes en firent autant , puis ils sortirent du palais. Leur étonnement était extrême ; ils questionnèrent, on ne leur répondit pas. En descendant dans la plaine , ils virent d'autres hommes armés, assis à l'ombre de quelques orangers; leurs chevaux étaient peu éloignés, et au milieu d'eux était un jeune homme qui paraissait livré à la douleur la plus extrême. Les in-

fortunés se cherchent ; les regards
du jeune homme se fixèrent sur les
deux amis , et quand ils furent plus
près , il s'élança vers eux en pous-
sant un grand cri. C'était Caroline.
Le comte, en la reconnaissant , s'é-
lança de dessus sa monture , serra
son amante contre son cœur , et
mouilla son visage de ses larmes. En
sortant de la chambre où était entré
le pacha , on l'avait conduite dans
l'appartement des femmes. Malgré
sa résistance , on lui avait remis les
habits qu'elle portait à son arrivée.
On l'avait ensuite fait descendre
dans les cours , posée sur un cheval ,
et conduite dans l'endroit où le comte
la trouva. Ils se livrèrent au plaisir
de se revoir , sans songer à leur séparation , vraisemblablement peu éloignée. Les gardes les laissèrent ensemble quelques instans , puis les
firent remonter à cheval. Ils virent

avec autant de plaisir que de surprise, qu'ils suivaient tous la même
route, et qu'on ne s'opposait point à
ce qu'ils marchassent tous trois ensemble. Bientôt ils aperçurent la
mer, dont ils approchaient toujours
davantage. Quand ils furent sur la
plage, un bateau, qu'ils n'avaient
point vu, s'approcha : on les y fit
monter; il s'éloigna aussitôt à un si-
gnal du chef des gardes. L'étonnement de nos trois voyageurs leur laissait à peine la faculté de voir ce qui
se passait. Eux qui, peu d'instans
auparavant, croyaient marcher au
supplice, se trouvaient alors réunis
dans une chaloupe conduite par des
matelots chrétiens, le tyran dont ils
étaient esclaves les avait fait amener
là lui-même, et ses gardes étaient
repartis dès qu'ils les avaient vu
s'embarquer. Ils n'osaient hasarder
la moindre question, de peur de voir

détruire par un seul mot, l'heureuse
illusion dont ils jouissaient. Quand
ils eurent doublé une petite langue
de terre, ils se trouvèrent dans le
port de Candie. La chaloupe s'arrêta
près d'un bâtiment portant pavillon
français. Le comte, qui n'avait
point encore recouvré l'usage de la
voix, pressa plus fortement Caroline contre son cœur. L'effroi rendit
à Frédéric la faculté de s'exprimer.
Dieu! s'écria-t-il, le scélérat qui nous
a vendus ne serait-il pas mort? Nous
remettrait-on entre ses mains? Les
deux amans, incertains, le fixaient,
tandis que les matelots les pressaient
de monter à bord : enfin Caroline
tendit machinalement sa main à l'un
d'eux, et monta sans savoir ce qu'elle
fesait. Les jeunes amis la suivirent
aussi machinalement. Le capitaine,
homme qu'ils n'avaient jamais vu,
les reçut en les comblant de poli-

tesses; il regretta cependant qu'ils se fussent tant fait attendre; il termina, en leur disant que s'il n'avait pas eu un si grand besoin de ménager le pacha qui les lui avait fortement recommandés, il serait parti sans eux, pour profiter du vent favorable qui s'était élevé depuis la veille. Il les fit conduire dans une jolie chambre, où ils trouvèrent tout ce qui peut rendre moins incommode un voyage sur mer. Assis dans cette chambre, et n'étant point encore remis de leur surprise, ils se regardaient sans parler. Des matelots entrèrent portant deux grandes caisses. Ils les déposèrent sur le plancher, demandèrent aux voyageurs s'il n'y avait plus rien à eux dans la chaloupe. Frédéric, sans savoir pourquoi, leur fit signe de la tête que non. Ils laissèrent nos jeunes amis à leurs sensations, qui ne leur

laissaient pas la faculté de s'exprimer,
car elles étaient aussi fortes que le
changement subit de leur sort était
extraordinaire. Caroline enfin, remplie d'espérance, éleva ses mains
vers le ciel, et versa un torrent de
larmes ; elles étaient de joie. Son
amant croyant le contraire, essaya
de la consoler ; elle le désabusa. En
tirant son mouchoir pour essuyer
ses pleurs, deux clefs liées ensemble
tombèrent de sa poche. Frédéric les
ramassa, les essaya machinalement
aux deux coffres ; elles les ouvrirent.
Le premier était rempli de linges et
d'habits ; au-dessus étaient trois
bourses pleines d'or, avec une ins-
cription sur chacune. Sur la plus
grosse, on lisait en arabe : *A l'a-
mant !* Sur la seconde : *A la maîtresse !* Sur la plus petite enfin : *A
l'ami !* Chacun prit machinalement
la sienne, et la laissa retomber pres-

qu'aussi vîte. L'autre coffre était
rempli de toutes sortes de rafraî-
chissemens. Ils allaient de l'un à
l'autre, observaient tantôt celui-ci,
tantôt celui-là ; ils se questionnaient
tous trois des yeux : enfin Frédéric
prit la parole, et demanda d'un ton
solemnel à ses amis, comment on
pouvait expliquer cette aventure extraordinaire. Ils lui répétèrent la
même question, et il crut pouvoir y
répondre avec certitude. L'effet de
notre délivrance, leur dit-il, a été
trop prompt pour qu'un pouvoir su-
périeur ne s'en soit pas mêlé. Ménès
est sûrement apparu la nuit dernière
à notre tyran, et l'a forcé de briser
nos fers, de nous renvoyer dans notre
patrie, et de nous combler de présens. Quoi qu'en disent les apparences, Ménès nous protège toujours. Je n'ai cessé de l'invoquer
dans nos plus grands dangers ; toujours

jours il nous a sauvés , vraisemblablement à cause de la confiance que
seul j'ai toujours eue en lui. Les reproches du comte sur sa crédulité ,
ne firent pas le moindre effet , et vainement il lui représenta que Ménès
ne pouvait être pour rien dans cette
aventure , puisque , suivant toutes
les apparences , le vaisseau s'éloignait du but qu'on leur avait désigné, loin de s'en rapprocher. Qu'importe? dit Frédéric ; vraisemblablement on nous rappellera , et nous ap-
prendrons la cause des obstacles qui
nous ont arrêtés. Peut-être l'amour
de ta nymphe y est-il pour quelque
chose ; je ne la regarde plus comme
un fantôme trompeur, mais il me
paraît très-vraisemblable que son
apparition trop prompte a renversé
le plan qu'on avait fait pour notre
bonheur. Il parla long-temps encore
sur ce ton ; puis, n'éprouvant plus la

M

moindre inquiétude , et persuadé
qu'une puissance supérieure veillait
sur ses jours , il s'assit gaîment près
de la caisse aux provisions de bouche,
pour appaiser des besoins qui se fesaient sentir vivement. Le comte et
Caroline avaient encore l'esprit trop
occupé pour pouvoir l'imiter ; ils
cherchaient tous deux à soulever ,
par des moyens naturels , le voile
qui couvrait tant de mystères. Quand
le capitaine vint les voir, ils lui demandèrent qui avait retenu des places pour eux sur le vaisseau, et où il
devait les débarquer. Il leur répondit que le pacha lui avait fait demander, la veille, place sur son
bord pour trois de ses amis les plus
intimes ; qu'il l'avait richement
payé , en lui défendant expressément de rien accepter de ses passagers; qu'enfin il lui avait fortement
recommandé d'en prendre le plus

grand soin , et de lui rapporter de
Marseille , où son vaisseau se rendait,
un certificat passé devant un marchand turc qu'il lui nomma , qui
prouvât la loyauté de sa conduite
avec eux. Par ce récit, Frédéric fut
encore plus confirmé dans son opi-
nion. Après le départ du capitaine,
il voulut prouver à ses amis, que Ménès était apparu à cet homme sous
la figure du pacha; qu'il les avait
arrachés, par des prestiges, à la vengeance du tyran , et qu'enfin il les
avait fait conduire à la chaloupe par
des esprits qui avaient revêtu des
corps à cet effet. Quoique le comte
et Caroline ne crussent pas un mot
de tout cela, il leur fut impossible
de tirer leur ami de son erreur, puisqu'ils ignoraient absolument à qui
ils devaient leur salut, et qu'il leur
était impossible d'expliquer la conduite du pacha. Plutôt qu'ils ne l'es-

péraient, l'obligeant capitaine vint
leur dire qu'on apercevait les côtes
de France; ils montèrent sur le pont
pour s'en assurer, les reconnurent
bientôt, et le même soir ils entrèrent dans le port de Marseille, qu'ils
avaient quitté d'une manière si
cruelle.

Tout s'éclaircit.

MÊME à terre les soins du capitaine ne se ralentirent point; il conduisit les voyageurs dans la meil-
leure auberge, les recommanda fortement, leur fit apporter leur ba-
gage, et ne les quitta que quand il
fut certain qu'ils étaient contens de
leur demeure. Le lendemain matin,
il vint les voir pour recevoir de nouveau leurs ordres, et les prier de le
suivre chez le marchand turc qui de-

vait lui délivrer le certificat exigé
par le pacha. Il les conduisit chez
un respectable vieillard, à qui le capitaine remit un paquet de la part
du pacha de Candie. Celui-ci demanda aux voyageurs s'ils étaient
prêts à signer le certificat exigé. Sur
leur réponse affirmative, un notaire
fut mandé. Il le dressa en bonne
forme ; ils le signèrent, et quand ils
prirent congé du marchand, il leur
remit une lettre à leur adresse, qu'il
avait trouvée sous le même couvert
avec celle que le pacha lui écrivait.
Ils se retirèrent en hâte, espérant y
trouver des éclaircissemens, quoique
Frédéric assurât le contraire. Quand
ils furent dans leur appartement, le
comte brisa le cachet et lut à haute
voix :

« Bons et honnêtes chrétiens ! j'ai
« tardé jusqu'à ce moment à vous
« expliquer ma conduite singulière,

« pour vous donner le temps de cher-
« cher à en deviner les motifs, vous
« faire rougir de vos faux jugemens,
« si vous en avez portés, et vous ré-
« compenser par la persuasion, si
« vous avez découvert la vérité.
« Écoutez mon récit, et blâmez-moi,
« si vous en avez le courage. »

« Il pouvait s'épargner la peine
de nous écrire, dit Frédéric ; je suis
persuadé d'avance qu'une apparition de Ménès l'a forcé à une action
dont il prétend maintenant se faire
un mérite. La nuit dernière, un
songe m'a présenté si vivement....»

« Prends garde, ami, d'avoir été
abusé par ce songe. Avant tout,
laisse - moi poursuivre ; nous juge-
rons après. »

« Un de vos frères vous avait
vendu à moi : peut-être regardez-
vous ce commerce comme un crime ;
mais j'ai été élevé dans d'autres

principes que vous , et j'adore un autre prophète. Il me permet d'avoir plusieurs femmes dans mon harem , et de faire cultiver mon jardin par des infidèles. Je ne vous dissimulerai point qu'en vous achetant , je comptais user de ma propriété. La maladie de la jeune beauté m'empêcha seule de la contraindre à me recevoir le même soir dans son lit. Vous eûtes la témérité de tuer à mes yeux le perfide qui avait abusé de votre confiance. Mon dessein fut d'abord de vous punir sévèrement. J'envoyai l'ordre à l'équipage du vaisseau qui vous avait amené , de venir chercher le corps de son capitaine, tué par un des esclaves qu'il m'avait vendus. Je fus très - surpris d'apprendre qu'au lieu de m'obéir , il avait mis à la voile presqu'aussitôt. Je le fis poursuivre, et différai la vengeance que je voulais tirer de

vous. Mes corsaires rentrèrent sans
l'avoir atteint; et ma colère affaiblie,
je me contentai de vous forcer au
travail. Un matin, mon fils vint près
de mon lit : c'est un jeune homme
dont le cœur généreux ne peut souffrir la plus légère injustice, et dont
j'ai mille fois admiré la sagesse. Mon
père, me dit-il d'un ton ferme, est-
ce une justice de rendre une propriété envahie à celui qu'on en a
privé ? Je répondis affirmativement.
Eh bien, ajouta-t-il, rends donc la
liberté aux deux nouveaux esclaves
qui travaillent dans tes jardins, et à
celle que tu tiens renfermée dans ton
sérail. Un Grec qui a voyagé avec
eux, et qui les croit chez le consul
de leur nation, m'a affirmé qu'ils
étaient sur le vaisseau comme passagers, et même traités avec respect. Le capitaine qui te les a vendus
était un scélérat; ils l'ont justement

puni. Veux-tu être son complice et participer à son crime, en retenant injustement dans l'esclavage trois personnes libres. Je voulus lui persuader qu'il était la dupe de son cœur, que le Grec n'avait sans doute avancé cette fable que pour sauver ces chrétiens, et peut-être augmenter par eux le nombre des bandits qui infestent nos côtes. Si ces hommes sont des scélérats, me dit-il, je renonce pour jamais à tout sentiment de compassion pour des esclaves, car j'aurai été horriblement trompé. Je les ai examinés de près et de loin; la candeur la plus pure se peint sur leur front, et dans leurs yeux on n'aperçoit que la douleur d'être réduits à un état pour lequel ils n'étaient pas nés. S'ils étaient capables d'un crime, je ne me fierais plus jamais ni à mes yeux, ni à mon cœur. Nous parlâmes long-temps sur

M *

les connaissances qu'il prétendait
avoir du cœur humain. Fatigué enfin de ses instances, je formai le plan
d'épreuves que je vous ai fait subir.
En vous mettant à la dernière, j'a-
vais résolu de vous rendre la liberté,
même si vous y succombiez, car
mon cœur me disait combien il vous
était difficile d'y résister. Vous avez
vaincu avec courage, vous avez préféré une mort affreuse à l'horreur de
vous souiller d'un crime; dès-lors je
ne vous ai plus vus qu'avec respect et
admiration. Une joie subite peut
aussi bien causer la mort qu'un excès de désespoir. Après vous avoir
réduits dans l'état le plus affreux,
j'ai craint de vous causer une révo-
lution dangereuse, en vous annon-
çant brusquement votre liberté; j'ai
préféré l'expédient dont vous m'a-
vez vu me servir. Quand vous quit-
tâtes mon palais, mon fils et moi

nous vous suivions des yeux ; des larmes humectaient sa paupière. Jamais je n'oublierai ces généreux chrétiens , s'écria-t-il ; ne l'oubliez pas non plus ; c'est à lui que vous devez votre liberté. Adieu ! vivez heureux dans votre patrie. Quand vous éleverez vers le ciel vos mains déchargées de fers , donnez part dans vos prières au vieux Abdoul et à son fils Mustapha. »

Le comte et Caroline ne pouvaient se lasser d'admirer la générosité du noble pacha. Frédéric seul gardait le silence. La honte d'avoir avancé de fausses conjectures, et la perte de tout son espoir en la protection du sage Ménès, enchaînaient sa langue. Caroline s'aperçut de son trouble, et l'en railla doucement. Il tomba dans ses bras , en lui fesant le vœu de ne plus céder à sa crédulité , et en la suppliant de lui pardonner

ce qu'il lui avait fait souffrir. Le
comte lui fit la même prière et les
mêmes promesses, et il fut décidé
entre ces compagnons d'infortune,
que jamais ils ne se sépareraient et
ne penseraient à leurs anciennes
folies, que pour s'en amuser. Ils écri-
virent une lettre de remercîmens au
généreux pacha, une autre à leur
ami de Damas, dans laquelle ils
l'instruisirent de tout ce qui leur
était arrivé.

~~~~~~~~~~~~~~~~~~~~~~~~~~~~~~

Retour des trois Voyageurs dans leur patrie.

RIEN ne les retenant plus à Marseille, les trois voyageurs malen-
contreux prirent la route de Lyon,
puis celle de la Suisse, et revirent
enfin, avec une joie inexprimable,
cette Allemagne bien-aimée, que

dans leur folie ils avaient quittée avec
tant d'indifférence et de mépris. Ils
trouvèrent souvent, pendant cette
route, des objets qui leur rappe-
laient leurs anciennes aventures. La
rougeur de la honte venait couvrir
leur front, mais elle était bientôt
dissipée par la perspective agréable
qui s'ouvrait à leurs yeux. En ar-
rivant dans la capitale, les anciens
amis du comte s'étonnèrent beaucoup de le revoir ; il leur apprit la
perfidie dont il avait été victime. Il
s'adressa à la justice, qui le renvoya
en possession de ses biens, mais ne
punit pas ses parens, car ils ne s'é-
taient emparés de ses possessions
qu'après avoir vu son extrait mor-
tuaire, et l'on ne savait où prendre
celui qui l'avait délivré. Le comte
Tobie était mort. Villiam, en apprenant le retour de son cousin, prit
la fuite, au grand plaisir de ses vas-

seaux, à qui il avait fait essuyer des vexations de toute espèce, et dont la joie fut extrême de revoir leur jeune seigneur. Méprisé et rejeté de tous ses amis, il erra quelque temps en Allemagne dans la plus profonde misère, et mourut enfin dans un hôpital, des suites de ses débauches. Le vieil intendant était très-malade quand le comte arriva dans son châ- teau, et y mourut de peur, deux jours après avoir appris son retour dans ses biens. Son gendre fut chassé de l'autre château, et aurait aussi péri de besoin, si Frédéric, qui n'avait point oublié sa nymphe, n'eût senti se réveiller tout son amour pour elle, en la trouvant au château, où elle était venue tenir la maison de son grand-père : elle avait obstinément refusé, après le départ des deux amis, d'épouser le domestique du comte, resté sous le prétexte d'être encore malade du coup de feu tiré sur lui par le prétendu fils du vieillard.

Huit jours après, le comte et Frédéric épousèrent les nymphes charmantes après lesquelles ils avaient tant couru. Leur hymen fut célébré avec le plus grand éclat. Le lendemain, une voiture s'arrêta dans les cours du château. Les deux voyageurs descendirent, croyant recevoir la visite d'un ancien ami. C'était Bianca, cette fille qui, à Marseille, avait si bien secondé les projets de leurs ennemis : elle s'avança vers le comte, les bras ouverts, en se félicitant de le revoir, et de partir bientôt avec lui pour les ruines de Palmire. Loin de répondre à son empressement, il la fit saisir par ses gens, et l'aurait remise entre les mains de la justice, si Caroline n'eût intercédé pour elle. Elle avoua qu'ayant été abandonnée par Villiam, elle était venue pour essayer de tromper encore le comte, et d'abuser de ses bontés. Elle témoigna un repentir sincère, et le désir de retourner près de sa mère. Le comte, à la prière de son épouse, lui en fournit les moyens : elle le remercia avec un attendrissement hypocrite, le railla quand elle se vit entièrement libre, retourna dans la capitale, où elle périt, après quelques années, victime d'une maladie cruelle, fruit presque toujours certain du libertinage.

Quelques mois après, le comte reçut des nouvelles de Damas. Le généreux Jacob était mort, et ses fils avaient renoncé au projet de venir chercher des épouses en Europe. Les deux amis firent élever, dans le parc, un superbe monument consacré à la mémoire de leur généreux bienfaiteur , et tous les jours ils vont sous ses portiques remercier l'Éternel du bonheur qu'il leur a procuré par les mains de cet homme bienfesant.

F I N.

TABLE

DES MATIÈRES.

FIN DE LA TABLE.

www.ingramcontent.com/pod-product-compliance
Lightning Source LLC
Chambersburg PA
CBHW070451030726
47503CB00004B/997